나의 찬란한 라이벌

✦ 오늘 당신의 라이벌은 누구인가요?

셜록 홈스 vs 제임스 모리아티, 배트맨 vs 조커, 리오넬 메시 vs 크리스티아누 호날두, 코카콜라 vs 펩시…….

같은 꿈을 가지고 서로를 이기려는 라이벌 이야기는 언제 들어도 우리의 눈과 귀를 사로잡습니다. 엎치락뒤치락 한 치의 양보도 없는 치열한 경쟁에서 그들은 자신의 잠재력을 최대치로 발현합니다. 한 편의 성장 드라마가 완성되는 순간이죠. 내 안에 잠자는 능력을 일깨우는 존재, 라이벌. 여러분에게도 라이벌이 있나요?

현재 대한민국은 과도한 경쟁으로 몸살을 앓고 있습니다. 우린 과열된 사교육 시장과 과장된 SNS 세계 속에서 살아갑니다. 필요 이상의 경쟁은 필연적으로 비교와 불안을 낳기 마련입니다. 그렇다고 모든 경쟁이 해로운 것만은 아닙니다. 우리가 겨뤄야 하는 대상이 누구이고, 왜 맞서야 하는지 스스로 질문한다면 치열한 경쟁 속에서도 우정과 사랑을 꽃피울 수 있습니다. 여러분이 이 책에서 만날 두 편의 이야기가 그 예가 되기를 바랍니다. 의미 있는 성장은 누군가를 뛰어넘을 때가 아니라, 과거의 자신을 뛰어넘을 때 가능하다는 책의 메시지가 여러분 마음에 오래도록 울렸으면 좋겠습니다.

자, 이제 불꽃 튈 만큼 강렬하고 몸이 얼어붙을 만큼 서늘한 라이벌들의 이야기, 과거의 자신을 이기고 내일로 달려가는 그들의 이야기가 펼쳐집니다!

소원라이트나우 08 _____light now
바로 지금, 청소년의 가려진 문제를 양지로 끌어내어 용기 있게 이야기하는 소원나무 청소년 문학 시리즈

소원라이트나우 08
나의 찬란한 라이벌

초판 1쇄 발행 | 2025년 07월 30일 **2쇄 발행** | 2025년 11월 30일

글 | 탁경은 표지일러스트 | NOMA

책임편집 | 양현석 **책임디자인** | 권수정
편집 | 한은혜 · 양현석 **디자인** | 차다운 · 양정윤 **마케팅** | 홍주은
디지털콘텐츠 | 이헌화 **경영지원** | 유재곤 **펴낸이** | 이미순 **펴낸곳** | ㈜소원나무
주소 | 경기도 고양시 덕양구 으뜸로 110 힐스테이트 에코 덕은 오피스 2동 603호
전화 | 02-2039-0154 **팩스** | 070-7610-2367
등록 | 제2021-000180호.(2021.09.30)

ISBN 979-11-7476-001-2 44810
(세트) 979-11-93207-20-8 44810

ⓒ 탁경은, 2025

• 이 책은 경기도, 경기문화재단의 지원을 받아 발간되었습니다.
• 파본은 바꿔 드립니다.
• 책값은 표지 뒤쪽에 있습니다.
• 이 책에는 KoPubWorld, 갈무리11, 능소화, 함렙, 프리텐다드, G마켓 산스,
  SF싸락눈 서체가 적용되어 있습니다.
• 이 책은 저작권법에 따라 보호를 받는 저작물이므로 저작권자와 출판사의
  허락 없이 이 책의 내용을 복제하거나 다른 용도로 쓸 수 없습니다.

✦ 학교도서관저널 추천도서

독서활동자료

소원나무 홈페이지

소원나무 한 권의 책 속에 우리의 꿈과 희망을 소중하게, 정성스럽게, 웅숭깊게 담아냅니다.

나는 화가 난다. 09

골든 넘버 5. 87

작가 메시지. 162

　재욱은 화가 난다.

　재욱은 자기 인생에 또 끼어든 녀석 때문에 화가 난다. 한 번도 아니고 이렇게 번번이 깜빡이도 넣지 않고 끼어들다니. 그것도 오랫동안 벼르고 벼른 전교 회장 선거에서 말이다.

　녀석과의 악연은 몇 년 전으로 거슬러 올라간다. 당시 재욱은 초등학생이었고 성적이 우수한 편이라 학교 대표로 뽑혀 수학 경시대회에 나갔다. 보름 넘게 밤을 꼴딱 새우며 경시대회를 준비했는데 결과는 처참했다. 학교 대표로 함께 뽑힌 김영재 손에는 상장이 들려 있었지만 재욱은 빈손이었다.

선생님들은 물론 아이들까지 모두 녀석을 칭찬하고 우러러보았다. 이름답게 영재라고, 어쩌면 천재일지도 모른다는 소리까지 나왔다. 그런 것은 얼마든지 참을 수 있었다. 재욱을 진짜 화나게 만드는 일은 따로 있었다. 재욱의 첫사랑 소은이 김영재에게 자꾸 수학 문제를 물어보기 시작했다는 거다. 소은이 김영재 곁으로 다가가 "영재야, 하나만 더 물어봐도 돼?"라고 물으며 귀여운 미소를 지을 때마다 재욱은 경시대회를 완전히 망친 스스로에게 저주를 퍼부었다.

1년 후 김영재와 같은 중학교에 올라왔고 하필이면 같은 반이 되었다. 녀석이 반장 선거에 나간다는 사실을 알게 되었을 때 재욱은 즉흥적으로 출마를 결심했다. 보란 듯이 이겨서 반장 자리를 차지하고 싶었다. 아니, 더 중요한 것은 녀석이 반장이 되는 걸 막는 일이었다. 재욱은 김영재가 반장인 학급에서 한 학기를 보내고 싶지 않았고 그럴 자신도 없었다.

재욱은 인맥으로 승부를 걸었다. 운동을 잘하고 유머러스한 재욱을 마다하는 친구는 별로 없었다. 그에 비해 김영재는 원칙주의자라 재욱만큼 인기가 많지는 않았다.

결과는 재욱의 승리였다. 재욱은 기쁨의 포효를 외치

며 모범적인 반장 활동을 하리라 결심했다. 하지만 이상하게 일이 꼬였다. 까칠하기가 이를 데 없는 부반장과 재욱은 사사건건 대립해야만 했다. 그렇게 머리가 지끈거리는 1학기가 끝나고 2학기가 되었다. 김영재는 다시 반장 선거에 나가 기어이 반장에 뽑혔다. 당선되었다는 사실을 안 순간 김영재가 얼굴 가득 미소를 지었고 그걸 노려보며 재욱은 야릇한 패배감을 느끼고야 말았다. 한 학기씩 반장 자리를 번갈아 차지했으니 무승부라고 보는 게 객관적 팩트였지만 어쩐지 이번에도 여지없이 지고 말았다는 느낌을 감출 수가 없었다.

"야, 그 얘기 들었어? 김영재, 전교 회장 선거 나온대."
급식실에서 밥을 먹고 있는데 맞은편에 앉은 한조 입에서 녀석의 이름이 나왔다. 에이 씨, 밥맛 떨어지네. 재욱은 숟가락을 소리 나게 내려놓았다.
"김영재가 방독 라인이라는데?"
옆에서 북엇국을 맛있게 퍼 먹다가 가람이 불쑥 말했다.
"뭐?"
부글부글 끓어오르는 분노를 내려보내고 싶어 재욱은 국그릇째 들고 국물을 들이마셨다. 김영재 녀석만으로도

버거운데 방독까지 한편이라고?

"어쩌냐, 재욱아."

끌탕하는 한조에게 재욱은 부러 더 큰 소리로 말했다.

"어쩌긴 뭘 어째. 세게 부딪혀야지."

전교 회장이 되어야만 하는 이유는 한두 가지가 아니었다. 작년 이맘때 재욱은 아빠와 약속했다. 꼭 전교 회장이 되겠다고. 하나밖에 없는 아들이 전교 회장이 되는 게 평생의 꿈인 아빠는 회장이 되기만 하면 소원을 이뤄 주겠다고 했다. 재욱은 최신 핸드폰과 가장 비싼 스마트워치를 소원으로 말할 계획이었다.

전교 회장이 되면 생기부에 당연히 기재되고 자기소개서 쓸 때도 유리하다. 면접 볼 때 뛰어난 리더십을 어필할 수도 있다. 스스로의 리더십을 시험해 보고 싶었다. 반에서 반장은 여러 번 해 봤지만 전교 회장이 되는 건 판이 다르다. 나에게 리더로서 자질이 있을까. 내 그릇은 얼마만큼일까. 재욱은 몹시 궁금했다.

무엇보다도 재욱은 김영재가 전교 회장이 되는 꼴을 볼 수 없었다. 가뜩이나 어깨에 힘이 들어간 녀석이 전교 회장이 돼서 설치는 걸 어찌 보겠는가. 두 눈에 흙이 들어가기 전에 안 될 말이다.

방독은 방 선생의 별명이다. '방 선생과 불도그는 닮은 꼴이다.'의 줄임말이라고나 할까. 방 선생은 우람한 체격으로 반을 휘젓고 다니면서 아이들을 감시했다. 교복 차림새가 단정하지 못한 아이들은 물론이고 조금이라도 욕설을 하는 아이들까지 가만두지 않았다. 눈을 가늘게 뜨고 다니며 근엄한 표정을 짓는 방 선생의 턱에는 주름이 자글자글했고 아이들은 그 꼬락서니를 볼 때마다 아주 추하게 생긴 불도그를 떠올리지 않을 수 없었다.

방독과 관련된 소문은 질기게 살아남아 3학년에서 2학년으로, 2학년에서 1학년으로 전설처럼 전해졌다. 어쨌거나 방독이 미는 애가 무조건 전교 회장이 된다는 거였다.

작년 전교 회장 선거를 떠올려 본다. 3학년 선배 A와 B 중 방독이 B를 지지한다는 소문이 교실 사이에 쫙 퍼졌었다. 친하게 지내는 한 선배 말에 따르면 A는 공부는 물론이고 친한 애들도 많아 모두가 A의 당선을 확신했다고 한다. 하지만 결과는 달랐다. 모두의 예상을 뒤엎고 방독이 지지하는 B가 전교 회장이 되었다.

진실은 무엇일까? 진짜 방독이 지지하는 후보가 당선되는 건가? 그게 맞다고 치면 방독은 왜 B를 지지했을까?

무언가 들척지근한 냄새가 난다. 진실과 모함은 한 끗 차이이고 무엇이 진실인지 알 수 없는 아이들은 쉬지 않고 소문을 실어 나른다. 소문은 점차 몸집을 부풀리고 진실은 물론이고 거짓까지 그러안고 삼켜 버린다. 그렇게 방독은 실체 없는 소문과 함께 아이들 사이에서 공공연한 공공의 적이 되었다. 방독을 등에 업고 전교 회장이 되어 보시겠다? 허! 누구 맘대로? 원대한 내 꿈에 감히 네가 또 훼방을 놓으려고 해?

가만 안 둬, 김영재. 이번에는 완전히 부숴 버릴 거야!

소은은 화가 난다.

가끔 그런 사람이 있다. 태어날 때부터 천재적인 재능을 타고나는 사람. 그 재능을 부각하려는 듯 큰 결핍을 옵션으로 가진 사람. 재능과 결핍, 두 가지가 서로에게 후광이 되는 스토리를 유전자처럼 몸에 지닌 사람. 소은에게 그 애는 이 조건에 들어맞는 사람이다.

진. 초. 연. 사극에 딱 어울리는 이름을 가진 그 애는 태양빛을 반사할 것 같은 하얀 피부를 가졌다. 그 애의 속눈썹은 마스카라를 바르지 않았는데도 탄력이 넘쳤고 도도록한 입술은 단아하게 붉었다. 그 애가 펜을 잡으면 순식간에 어마어마한 데생 작품이 완성되었다. 실력이 얼마나 출중한지 싸구려 종이도 그 애 손끝에 닿으면 고급 펄프지로 다시 탄생했다.

  예고에서 실시하는 중학생 미술 대회에 참여하려고 체험 학습 신청서를 제출하러 가는 길. 소은은 교무실 앞에서 진초연을 마주쳤다. 그 애 손에도 체험 학습 신청서가 들려 있었다. 가볍게 무시하고 교무실로 들어서려는데 진초연이 먼저 말을 걸었다.

  "너도 미술 대회 나가지?"

  소은은 대답을 하고 싶지 않아 고개를 까딱했다.

  "혹시 도움 필요하면 말해."

  소은이 알기로 자기는 정물화 부문이었고 진초연은 정밀 묘사 부문이다. 서로 도울 수 있는 일이 없다는 뜻이다. 혹여나 그럴 일이 생겨도 결코 쟤한테는 도움을 청하고 싶지 않다.

  "그럴 일 없거든."

  부러 더 쌀쌀맞게 대꾸한 뒤 소은은 교무실로 들어갔다.

  작년에 있었던 일 때문에 소은은 아직도 종종 화가 났다. 한 대학교에서 전국 중고등학생을 대상으로 미술 실기 대회를 실시했다. 특별상을 수상하면 미대 진학에 유리할 뿐만 아니라 4년간 전액 장학금을 받을 수 있었다. 소은과 초연은 나란히 입선했다. 솔직히 특별상을 받을 거라고 쪼끔 기대한 것이 사실이었지만 어쨌든 상을 받았다는 사실에 소은은 만족했다. 소은의 기분을 상하게 하는 일은 그다음에 벌어졌다.

대기업의 문화 예술 후원팀에서 미술 실기 대회 수상자 중 한 명에게 막대한 후원금을 약속했다. 당연히 소은은 후원금을 받고 싶었다. 돈 액수보다도 이름만 들으면 모두가 아는 기업에서 후원을 받았다는 사실을 자소서에 넣고 싶었다. 담임 선생님과 미술 학원 선생님이 힘을 합쳐 추천서를 써 주었고 지원서 쓰는 일도 적극 도와주었다. 예감이 좋았다. 발표를 앞두고 소은은 가슴이 조여 오는 듯한 긴장감을 피하지 않고 즐겼다. 목표가 바로 코앞에 있는 듯한 설렘과 쫄깃한 기대감은 삶에 큰 활력이 되어 주기 마련이니까.

미술 학원 바로 옆 편의점에서 진초연을 마주치지 않았더라면 완전 완벽했을 텐데. 소은은 아이스크림을 계산하면서 곁눈질로 진초연을 힐끔거렸다. 그 애는 어깨를 옹송그린 채 컵라면을 먹고 있었다. 컵라면 크기가 작아서일까, 아니면 작은 몸을 잔뜩 웅크린 모습 때문이었을까. 라면을 먹는 그 애의 뒷모습은 초라해 보였다.

무심코 편의점을 나오는데 누가 뒤에서 소은을 불렀다. 아이스크림을 입에 물고 뒤를 돌아보니 진초연이었다. 분명 아까까지 컵라면을 먹던 그 애는 아무것도 먹지 않은 듯 깨끗하고 말간 얼굴로 소은을 부르며 달려왔다. 소은은 아이스크림 조각을 아삭 깨물며, 헐레벌떡 다가오는 진초연을 건너다보았다.

"하소은. 잠깐 얘기 좀 할 수 있어?"

별로 이야기를 하고 싶지 않았으나 딱히 거절할 말이 떠오르지 않아 소은은 근처 작은 공원으로 향했다. 진초연은 조용히 소은 뒤를 따랐다. 소은은 아이스크림을 다 먹고 허름한 공원 벤치에 앉았다. 진초연도 벤치 끄트머리에 엉덩이를 걸쳤다.

"소은아. 저기……."

소은은 벌써부터 마음에 들지 않았다. 진초연이 성을 빼고 자기 이름을 친근하게 부른 것부터 '저기'라고 운을 떼며 말끝을 길게 늘인 말투까지.

"L 기업 후원금 지원 말이야. 너도 해?"

"응. 하는데?"

"음……, 안 하면 안 될까?"

"뭔 소리?"

소은은 어안이 벙벙해져서 두 눈을 크게 떴다.

"나, 이거 꼭 돼야 하거든."

기가 차서 말이 나오지 않았다. 소은은 입술에 힘을 세게 주고 입을 꾹 닫았다.

"너네 집 돈 많잖아."

허, 어이없어. 그러니까 가난한 자기가 후원금을 받아야겠으니 지금 당장 조용히 물러서라 이 말인가? 자기가 뭔데?

"잘못 알고 있는 것 같은데 나도 돈 필요해. 우리 집도 나 미술시키는 거 버거워한다고."

하필 어제 잠을 설쳐서 눈도 뻑뻑하고 오늘 컨디션도 별로인데 얘는 또 왜 이래. 소은은 슬슬 짜증이 차오르고 마음이 뾰족해졌다.

"그리고 선정되면 유명한 아티스트한테 직접 일대일 티칭 받을 수 있잖아. 그걸 내가 왜 포기해야 하는데?"

더 말을 섞으면 가시 돋친 말을 와르르 쏟아 낼 것만 같아 소은은 자리에서 벌떡 일어났다. 그러고는 집까지 빠르게 걸었다. 땀을 좀 흘리면 몸을 가득 채운 짜증이 비워질 거라 생각했지만 아니었다.

지원서를 제출하고 한 달 뒤 합격자 발표가 났다. L 기업의 후원금과 특별 과외를 받게 된 사람은 소은이 아니라 진초연이었다. 아무래도 형편이 더 어려운 사람을 뽑은 것 같다고 말해 준 사람은 학원 선생님이었다. 선생님은 소은을 위로하려고 던진 말이었을 텐데 효과는 별로 없었다. 같은 실력일 경우 형편이 더 어려운 사람을 뽑는다는 말은 실력이 더 뛰어났다면 내가 뽑혔을 거라는 말이잖아.

대기업 후원 사업에 뽑힌 진초연의 실력은 1년 동안 일취월장했다. 소은이 그토록 원했던 일대일 티칭 덕분인지, 아니면 후원금이 생긴 뒤 다시 학원을 다닐 수 있게 된 덕분인지, 아니면 이 모든 것들 덕분인지 알 수 없었다. 진초연은 하루가 다르게 성장하는데 자신만 제자리에 머무르는 느낌이라 소은은 초조하고 애가 탔다. 1년 전만 해도 진초연과 자신은 입선이라는 같은 자리에 있었다. 그런데 지금도 그럴까?

가난하다는 이유로 내 기회를 가로챈 진초연. 길고 짧은 건 끝까지 대봐야 아는 거란다. 누가 진짜 실력자인지 해보자, 이거야.

재욱은 오늘도 화가 난다.

후보 자리 1번을 차지하고 싶었는데 김영재 포스터가 떡하니 맨 앞에 붙어 있다. 검지를 꼿꼿이 들고 방긋방긋 웃는 꼴을 보니 속에서 역한 게 올라온다. 이마에 꿀밤을 딱 한 대만 날리고 싶다.

김영재는 '지속 가능한 학교생활'을 모토로 환경을 위한 공약을 내세웠다. 이를테면 냉난방용 태양광 발전기 설치, 폐교과서 판매 및 기부 운동, 이동식 재활용 분리수거장 설치 등이었다. 재욱은 학교생활 밀착 공약으로 승부수를 띄웠다. 학생 청원 게시판 강화, 정수기 추가 설치, 급식 메뉴 선호도 조사 및 신속한 반영 등 지금 당장 필요한 것들을 공약으로 추리기까지 많은 고민을 거듭했다. 재욱이 생각하기에 공약은 아이들이 느끼는 불편 사항을 빠르게 해소해 변화를 피부로 느낄 수 있어야 했다.

재욱은 한조와 가람에게 러닝메이트를 요청했다. 후보 등록, 포스터 제작, 선거 구호 만들기, 아이들 의견 수렴 등 할 일이 끝도 없이 이어졌다. 당연히 선거 운동 과정이 쉽지 않으리라 예상했지만 막상 해 보니 몇 배로 힘들었다.

재욱은 정신없이 바빴지만 중요한 일을 놓치지 않고자 애썼다. 바로 방독을 둘러싼 소문의 실체를 파헤치는 일이다. 작년 선거 때 여론을 뒤집고 방독이 지지한 후보가 당선된 이유가 무엇인지 알아야 했다. 방독이 지금 김영재와 자기 중 누구를 지지하는지도 궁금했다.

작년까지는 같은 중학교를 다녔으나 지금은 고등학생인 한조의 누나를 만나기 위해 재욱과 친구들은 버스를 탔다. 누나가 다니는 고등학교는 재욱의 집에서 버스로 일곱 정거장 떨어져 있었다. 학교 앞 패스트푸드점에서 만난 누나는 반가운 미소로 재욱을 맞이해 주었다. 누나가 햄버거 세트를 시원하게 쐈다.

"제가 사야 하는 건데……."

재욱이 고마움과 미안함을 담아 말끝을 흐리자 누나가 발끈했다.

"어허, 어디 감히 고딩한테 밥을 사려고 해?"

말투와 달리 누나의 눈가에는 다정함이 한 스푼 매달려 있었다. 재욱과 친구들은 3분 만에 햄버거를 먹어 치웠다.

"한조한테 대충 들었어. 방독 소문이 궁금하다고?"

누나가 따스한 눈빛으로 동생 한조를 바라보았다. 이렇게 바람직한 남매 사이가 현실에 존재하다니. 누나나 형이 있는 애들을 한 번도 부러워한 적 없는 재욱의 마음에 부러움 한 스푼이 추가되었다.

"방독이 회장 선거에 관여한 게 맞아요?"

가람이 물었고 재욱과 한조는 남은 콜라를 마셨다.

"흠, 어디에서부터 이야기해야 하나?"

누나는 식어 빠진 감자튀김을 케첩에 찍지도 않고 입에 넣었다. 이야기를 꺼내기 전에 숨을 고를 정도로 엄청난 진실이 숨겨진 걸까? 콜라를 마시는데도 재욱은 목이 탔다.

"너희도 알겠지만 소문에는 진실과 거짓이 섞여 있어.

한마디로 지금 내가 하는 말이 백 퍼센트 진실은 아니라는 뜻이야. 감안하고 들으라고."

어리숙하고 말주변이 없는 한조와 달리 한조 누나는 말재주가 남달랐다. 이야기를 어떤 방식으로 해야 흥미로운지 직감적으로 아는 듯했다. 그래서인지 누나가 나긋나긋 늘어놓은 작년 전교 회장 선거를 둘러싼 이야기는 진위 여부와 상관없이 흥미롭고 스펙터클했다.

이야기를 대충 요약하면 이러하다. 작년 전교 회장 선거에 두 명의 후보가 나왔다. A 후보의 별명은 고데기, B 후보의 별명은 모기였다. 별명이 그렇게 지어진 이유는 대충 넘어가자. 여론은 고데기 편이었다. 누가 봐도 결과가 빤한 선거였다. 그런데 방독이 대놓고 고데기를 구박하기 시작했다. 처음에는 우연인 듯 보였지만 아니었다. 방독은 별것 아닌 일로 트집을 잡아 심하게 고데기를 몰아붙였다. 아이들 앞에서 고데기를 면박 주는 걸로도 모자라 폭언을 일삼았다. 처음에는 죄송하다고 말하며 상황을 유연하게 넘어가던 고데기도 공격이 반복되자 노이로제에 걸릴 정도였다. 결국 밝고 활기차기로 유명했던 고데기는 선거를 며칠 앞두고 물러났다. 심신이 많이 약해져 당선이 되더라도 회장직을 수행할 수 없으리라 판단했던 것 같다. 그렇게 모기는 전교 회장에 당선되었다.
 "그 후 소문이 돌았지. 모기네 집이 으리으리하게 잘 산다는. 모기 부모랑 방독이 친하게 지내는 사이라는."
 누나가 들려준 스토리는 헛소문이라고 하기엔 구체적이었다. 이 소문에 진실과 거짓이 대략 몇 퍼센트씩 뒤섞여 있는 걸까. 진실이 더 많이 포함되어 있다고 치면 방독이 왜 모기를 지지했는지는 알겠다. 그렇다면 재욱에게 남은 질문은 간단했다. 김영재가 방독 라인이라는 소문은 진실에 가까운가. 만약 방독이 김영재를 지지하는 게 사실이라면 나, 이재욱은 전교 회장이 될 수 없는 건가.
 "소문이 진짜라면 여기서 그만둬야 하는 거 아니냐?"
 가람이 조심스럽게 말을 꺼냈고 한조가 맞장구쳤다.
 "그래, 재욱아. 방독이 여자인 고데기한테도 저렇게까지 했는데……."
 한조가 미처 말하지 못한 말이 무엇인지 모두가 알았다. 하지만 재욱은 여기서 물러설 수 없었다. 김영재가 회장이 되는 꼴도, 김영재와 방독이 더러운 끈으로 연결돼 자기를 옭아매는 것도 도저히 견딜 수 없었다.
 무엇보다도 재욱은 지금껏 살면서 한 번도 포기라는 걸 해 본 적이 없었다. 성적도, 운동도, 평판도 하나씩 차곡차곡 쌓아 올려 지금까지 왔다. 포기하지 않으면 무엇이든 나아지고 성장했다. 오래 버티는 사람이 성취한다는 말도 있지 않은가. 재욱에게 포기는 비겁함, 나약함, 패배자와 동의어였다. 아빠가 어릴 때부터 그렇게 가르쳤고 재욱 또한 동의했다.

"누나, 고데기 선배 연락처 아세요?"

누나는 고개를 천천히 끄덕였다. 누나는 재욱에게 고데기의 SNS 아이디를 알려 주었다.

버스 정류장에서 재욱은 애들과 헤어졌다. 집으로 가는 지름길 대신 공원 쪽으로 방향을 잡았다. 혹시나 소은을 마주칠지 모른다는 기대를 안고서.

6학년 때 소은과 같은 반이었다. 미술 시간, 몰두해서 그림을 그리는 소은의 모습을 보고 재욱은 마음을 빼앗겼다. 머리를 단아하게 틀어 올린 소은이 고개를 한껏 숙여 붓질하는 고요한 몸짓과 무구한 집중력에 반해 버렸다. 그렇게 시작한 짝사랑이 3년 넘게 이어졌다. 과한 집착인가? 강렬히 좋아하는 마음 자체가 고칠 수 없는 병 같은 건가? 마음이 지나친 건 아닌지 의심한 적도 있었지만 아니었다. 재욱은 언제든 자신 있게 말할 수 있었다. 소은을 향한 마음은 깨끗하고 순수했다. 좋아하는 감정은 연기처럼 실체가 없었으나 분명히 존재했고 가냘픈 듯했으나 단단했다. 마치 그림에 무섭도록 몰두했던 소은의 열정처럼 뜨겁고 선명했다.

편의점에 소은이 있을까. 소은은 작년부터 예고 준비를 본격적으로 시작했고 매일 미술 학원에서 살다시피 했다. 유일한 낙은 미술 학원 옆 편의점에서 아이스크림을 사 먹는 거였다. 소은은 매일 다른 종류의 아이스크림을 찍어 SNS에 올렸다. 그중 어떤 아이스크림을 가장 좋아하는지 재욱은 잘 알았다. 편의점에 다가갈수록 기대감이 부풀어 올랐다. 기대가 클수록 실망도 큰 법이지만 자꾸만 커지는 마음을 어찌할 수 없었다.

소은이…… 같은데?

편의점 앞 파라솔 아래에 앉아 아이스크림을 야무지게 먹고 있는 사람이 눈에 들어왔다. 재욱은 들뜨는 마음을 최대한 숨긴 채 자연스럽게 파라솔 근처로 다가갔다.

"어? 하소은?"

재욱의 목소리에 소은은 고개를 옆으로 꼬았다.

"이재욱, 오랜만."

쿨하게 인사하는 소은 옆으로 쓱 다가가 재욱은 자연스럽게 의자에 앉았다.

"너, 전교 회장 후보지?"

"어, 그렇게 됐어."

"내가 뽑아 줄게. 꼭 당선돼라."

예스! 소은이 김영재가 아니라 나를 선택했어! 숨기고 싶었지만 입가로 새어 나오는 웃음을 제어할 수 없는 재욱이었다.

"곧 미술 대회 있지 않아?"

재욱이 최대한 무심한 투로 물었다.

"맞아. 어떻게 알아?"

미술이라는 화제가 반가운 듯 소은은 미소를 지었고 양쪽 볼에 보조개가 생겼다. 재욱은 심장이 두근거리는 것을 선명히 느꼈다.

"아, 사촌 동생도 미술하거든."

새빨간 거짓말이었다. 어떻게 솔직하게 말할 수 있겠는가. 매일 소은의 SNS를 뻔질나게 드나든다는 사실을.

"근데 손 다쳤어?"

아까부터 소은의 손가락을 감싼 붕대가 거슬리던 참이었다. 대회를 앞두고 다친 거면 마음이 시끄러울 것 같아 물어봐야 하나 말아야 하나 고민하다가 궁금증을 못 참고 질문을 던졌다.

"아니. 그냥 보호대야."

휴, 다행이다.

"나 들어가 봐야 해. 담에 보자."

핸드폰으로 시간을 확인한 소은이 자리에서 일어났다.

"데려다줄게."

얼결에 재욱도 벌떡 일어났다.

"미술 학원 바로 옆이야."

"그래도."

편의점과 미술 학원이 몇 블록 정도 떨어져 있다면 얼마나 좋을까. 바로 옆에 붙어 있는 미술 학원이 야속한 재욱이었다. 열 걸음 걸으니 미술 학원 입구였다. 마지막으로 인사를 건네는 소은을 빤히 보다가 재욱은 한 발짝 앞으로 나아갔다.

"있지. 너한테 할 말이 있는데……."

"지금?"

재욱이 어떤 말을 꺼내고 싶은지 전혀 모르겠다는 소은의 얼굴도 야속했다. 오늘따라 야속한 게 참 많네.

"미술 대회 끝나면 나랑 영화 보러 갈래?"

"영화? 왜?"

이쯤 되면 눈치를 좀 채 줘라. 순진무구하고 쿨한 소은이 오늘따라 재욱은 야속했다.

"미안한데, 나 사귀는 사람 있어."

참으로 이상했다. 이번에는 소은이 재빨리 눈치를 채고 적당한 말을 꺼낸 건데 그마저도 야속하게 느껴졌다.

"아, 그랬구나. 미안."

다급하게 건물 안으로 사라지는 소은의 뒷모습을 보다가 재욱은 커다란 한숨을 내뱉었다. 어째서 몰랐지? 열심히 SNS를 들여다봤는데. 사귀는 사람이 있으면 그 소식을 SNS에 올리지 않을 소은이 아닌데. 게다가 누가 연애를 하는지 빠짐없이 아는 수다쟁이 가람이 소은 이야기를 한 적이 없는데. 그렇다면, 이거 좀 이상한데?

인맥을 총동원해서 소은이 사귀는 애를 밝혀내고야 말겠다. 밝혀내자마자 그놈이 누구든 가만두지 않겠어! 진짜 지옥을 맛보게 해 줄 거야!

소은은 오늘도 화가 난다.

며칠 전 손가락을 다쳤다. 현관문 앞에 놓인 택배 상자를 아무 생각 없이 들어 올린 게 실수였다. 생각보다 무거운지도 모르고 한 손으로 물건을 잡았는데, 손가락 몇 개에 힘이 집중되면서 살짝 각도가 틀어졌다. 중학생 자격으로 참여할 수 있는 마지막 미술 실기 대회가 얼마 남지 않아 소은은 연습에 박차를 가하던 중이었다. 하필이면 이 타이밍에 다칠 게 뭐람. 우주의 신이시여. 어째서 제게 이런 시련을 주시는 겁니까! 네?

어떤 사람에게는 글이, 어떤 사람에게는 음악이, 어떤 사람에게는 공부가, 어떤 사람에게는 사랑이 전부이다.

소은에게는 그림이 전부였다. 부모의 관심을 듬뿍 받고 자란 만큼 소은도 당연히 공부를 잘하고 싶었다. 나름 애도 썼다. 당시 소은이 다니던 학원에서는 모든 과목을 선행 학습했다. 초등학교 수학까지는 할 만했는데 중학교 수학은 아니었다. 아무리 노력해도 안 되는 일이 있다는 걸 그때 깨달았다. 소은은 과감히 공부를 손에서 놓으면서 수포자가 되었다.

운동 쪽은 가능성이 제로였다. 태어날 때부터 몸을 쓰는 데는 소질이 아예 없었다. 피아노도 좀 치다가 그만두었다. 글은 좀 쓰는 것 같아서 열심히 매달렸다. 하지만 교내 글쓰기 대회에서 연거푸 탈락했다. 쓰디쓴 고배를 마신 소은은 좌절했다. 어쩜 이렇게 잘하는 게 하나도 없을까. 잘하는 것도, 좋아하는 것도 없는 삶. 매일 잠을 자고 밥을 먹고 멀쩡히 학교까지 잘 다녔지만 실체는 좀비와 다를 게 없었다. 눈빛에서 총기가 사라진 지 오래였고 정신은 산만했다. 소은은 그저 구름처럼 둥둥 떠다니며 시간이 빨리 흐르기만을 바랄 뿐이었다.

"소은이는 색감이 남다르구나."

미술 시간에 선생님이 지나가듯이 한 말이 한 줄기 희망이었다. 그날 집으로 달려간 소은은 미술 학원에 등록

하겠다고 했다. 부모님은 흔쾌히 허락했다.

그림을 그리면서 소은은 알아차렸다. 하루하루 성실히 노력하면 조금씩 나아지는 세계가 있다는 것을. 엄청나게 몰두하는 일이 주는 충만한 기쁨을. 그림을 그리는 순간만큼은 그 어떤 생각도 떠오르지 않았다. 걱정도, 불안도, 의심도 일렁이지 않았다. 더 잘하고 싶었다. 오래 그림을 그릴 수 있는 몸을 갖고 싶었다. 소은은 운동을 싫어했었는데 달리기를 시작했다. 처음에는 2분을, 그다음에는 5분을, 그다음에는 7분을 달렸다. 조금씩 달리는 시간을 늘려 갔다. 숨이 턱까지 차오르고 땀이 비 오듯 흘러내렸다. 심장이 터질 것 같이 고통스러웠지만 포기할 수 없었다. 몸이 건강해야 좋은 그림을 그릴 수 있으니까.

나는 그림을 그리는 사람이야. 그러니까 예술가야. 소은은 스스로에게 세뇌를 걸었다. 예술과 예술가에 관한 책도 찾아서 읽었다. 만화로 된 『그리스 로마 신화』만 주야장천 읽던 과거를 사뿐히 던져 버렸다. 대부분 어려워서 뭔 소리인지 알 수 없었지만 가끔 이런 문장을 만나기도 했다.

예술가는 어린아이의 인식법으로 돌아가려고 한다. 유용성이나 생존에 얽매이지 않는 순수하게 음미하고 경이로워하는 상태로.✦

좋은 그림을 그리는 사람은 어린아이와 같은 마음을 지녔다는 말이 좋았다. 피카소의 그림이 떠올랐고 동생 테오에게 징징거리던 고흐의 편지도 생각났다.

태어나 처음으로 진심을 다해 좋아하는 일이 생겼다. 이게 얼마나 귀하고 소중한 일인지 소은은 알았다. 오래도록 기다려 왔기에 절절히 알 수밖에 없었다. 오래전부터 소은은 스스로가 마음에 들지 않았다. 그런데 그림을 그리면서 자신을 조금씩 좋아하게 되었다. 그림을 그리는 자신만큼은 제법 괜찮다고 생각할 수 있었다. 그림은 가족이었고 애인이었고 친구였다. 그림은 소은의 심장이었다.

대회를 며칠 앞두고 손을 다쳐 전전긍긍하는 소은과 달리 학교는 전교 회장 선거를 앞두고 시끌벅적했다. 소

✦ 『창조적 행위: 존재의 방식』, 릭 루빈, 코쿤북스, 2023

은은 남쪽 출입구에 붙은 선거 포스터를 멀거니 올려다보았다. 회장 후보가 세 명, 부회장 후보가 다섯 명이었다. 회장 후보 2번, 낯익은 얼굴이 보였다. 이재욱이었다.

초등학교 6학년 때 재욱과 같은 반이었다. 재욱은 공부도 잘했고 운동 실력도 빠지지 않았다. 유머 감각이 좋아 한마디만 던져도 주변에 모인 애들이 까르르 웃어 댔다. 인기가 많으니 반장 선거에도 꼭 나갔다.

모든 것을 다 가지고 태어난 사람. 신이 실수로 최상의 조건들을 한 방에 몰아준 것 같은 사람. 이재욱은 그런 존재였고 소은의 마음은 자꾸만 재욱에게로 향했다. 많은 것을 가지고 있어 반짝반짝 빛이 나는데도 결코 거만하지 않은 이재욱. 소은은 재욱 곁에 있으면 자신 또한 반짝이는 무언가가 될 수 있을 것만 같았다.

별일 아닐 거라고 여기고 방치했는데 어제부터 손가락 통증이 심해졌다. 하는 수 없이 소은은 정형외과에 가서 응급 처치를 받았다. 손가락을 다쳐 그림을 그릴 수 없는데도 소은은 미술 학원에 나갔다. 이제는 집보다 학원에 있는 게 더 편했다. 아이들이 그림을 그리는 모습도 관찰하고 학원 컴퓨터로 대학별 입시 요강도 살폈다.

쉬는 시간에 잠깐 편의점에 들러 소시지를 먹었다. 문

에 달린 종이 딸랑 울리며 진초연이 들어왔다. 마주치고 싶지 않아 남은 소시지를 입안 가득 욱여넣는데 진초연이 불쑥 다가왔다.

"아이스크림 먹을래?"

됐다고, 안 먹는다고 말하고 싶었지만 그럴 수 없었다. 소시지가 입안 가득 들어찬 상태라 말을 하면 웅얼거릴 테고 그 모습이 좀 추할 것 같아 소은은 입을 다물어 버렸다. 소은의 침묵이 오케이를 뜻한다고 착각한 진초연은 재빨리 아이스크림을 사 와 소은에게 내밀었다. 내가 좋아하는 아이스크림 종류는 또 어떻게 아는 거야. 하는 수 없이 소은은 부지런히 소시지를 씹으며 아이스크림을 받아 들었다.

"검색해 보니까 뜨거운 물에 담그는 게 좋대."

뭐가? 소은이 말 대신 눈으로 말했다.

"손가락 다쳤을 때 말이야."

압박 붕대를 한 소은의 왼손을 내려다보며 진초연이 말했다. 소은은 가만히 진초연을 쏘아보았다. 쓸데없이 웬 오지랖? 소은은 자신에게 관심을 보이며 좋은 사람인 척 위선을 떠는 진초연이 꼴 보기 싫었다. 솔직히 내가 다쳐서 고소하다고 하시지. 그렇게 말하면 적어도 지금

모습보다는 네가 훨씬 더 인간적으로 보일 텐데.

"근데 너 이재욱이랑 친해?"

갑자기 웬 이재욱? 아이스크림을 입에 물며 소은은 느꼈다. 아주 안 좋은 예감이 등허리를 타고 죽 흘러내리는 것을.

"그냥 아는 사이. 왜?"

"아, 친하면 부탁 좀 하려 했지."

쭈쭈바를 입에 물며 진초연은 부끄러운 듯 수줍은 미소를 머금었다.

"내가 걔 좋아하거든."

헐, 이건 또 뭔 운명의 장난인가. 그림을 그리는 동안 기필코 이겨야 하는 진초연이 하필 내가 마음에 둔 이재욱을 좋아한다고?

대회가 코앞으로 다가왔다. 긴장되는 마음을 풀고 싶어 습관처럼 편의점에 들렀는데 이재욱을 우연히 마주쳤다. 소은은 속으로 꺅 소리를 질렀다. 바로 옆인 미술 학원까지 데려다준다고 했을 때도 황홀했다. 그런 감정을 들키지 않도록 소은은 안간힘을 다해 무표정한 얼굴을 지켰다.

동시에 화도 났다. 진초연이 좋아하는 이재욱을 자신도 좋아한다는 사실이 그냥 싫었다. 어떻게든 멀리 떨어지고 싶은 진초연과 이렇게 또 엮인다는 사실이 진절머리 났다. 너무 좋은데 동시에 화가 나다니. 뭐 이런 개같은 감정이 다 있나 싶었고 요즘따라 널뛰는 감정에 흔들리는 자신이 마음에 들지 않았다.

재욱이 미술 대회 끝나면 영화를 보러 가자고 말했다. 잠깐이지만 분명히 소은은 흔들렸다. 그러자고 말해. 그냥 오케이를 해. 하지만 그럴 수 없었다. 도저히 안 될 말이었다. 진초연, 그 여우랑 같은 애를 좋아할 수는 없었다.

"미안한데, 나 사귀는 사람 있어."

거짓말이 잘도 나왔다. 아니, 엄밀히 말해 거짓말은 아니었다. 지금 소은은 그림과 사귀는 중이었다. 아주 진한 데이트를 하고 있었다. 소은은 거절당한 재욱이 더 크게 실망해 주기를 바랐다. 스스로 생각해도 참으로 못된 심보였다. 소은의 바람과 달리 재욱은 꽤나 침착하게 거절을 받아들였다.

진초연, 너만 아니었다면 그냥 확 재욱의 고백을 받아줬을 텐데. 같이 영화도 보고 팝콘도 먹고 공원도 산책

했을 텐데. 이제 내 연애사까지 방해해야 속이 시원하겠냐? 대기업 후원 기회를 차지한 걸로 부족하다 이거지?

 재욱은 머리끝까지 치밀어 오르는 화를 참을 수 없었다.
 방독의 압박이 시작되었다. 처음에는 사소한 지적들이었다. 복장 지적이나 수행 평가 완성도에 관한 잔소리 등등. 그러다 점점 발톱을 드러냈다. 가람과 함께 복도를 뛰다가 걸렸는데 방독은 재욱만 죽어라 혼냈다. 점심시간에 불러 심부름을 시키기도 했다. 한조의 누나가 들려준 소문이 진짜라는 확신이 들었다. 적어도 그 소문에는 거짓보다 진실이 더 많이 섞여 있는 게 분명했다.
 그렇다면 방독과 김영재의 연결 고리를 밝혀내야 했다. 방독이 재욱만 죽어라 노리고 괴롭히는 이유를 만천하에 까발리려면 증거가 필요했다. 재욱은 고데기 선배에게 메시지를 보냈다. 얼마 지나지 않아 선배로부터 답장이 왔다. 재욱은 선배가 있는 곳으로 약속 장소를 잡았다.

고데기 선배는 전교 회장 선거를 포기한 뒤 얼마 되지 않아 전학을 갔다. 그래서 한조의 누나와 달리 우신 중학교와 멀리 떨어진 학교에 다니고 있었다. 재욱은 선배를 만나기 위해 지하철과 버스를 번갈아 타야만 했다.

"처음에는 괜찮았어. 그런데 자꾸 혼이 나니까 나도 모르게 자존감이 흔들리더라. 나름 자존감 높다고 자부했었는데 말이지. 사람 마음이란 게 얼마나 연약한 것으로 이뤄져 있는지 깨달았다고나 할까. 한두 번은 몰라도 계속 망치질을 당하면 결국 깊은 상처가 나더라고."

방독은 집요하기 그지없었고 어떻게 해야 사람이 부서지고 무너지는지 잘 알고 있었다.

"화도 나고 억울했지. 방독이 날 구박한 순간을 녹음해서 방송국에 보냈어. 명확한 증거가 있으니 방송이 될 거라고 믿었어. 그렇게라도 분풀이를 하고 싶었나 봐. 근데 방송 며칠 전에 방송 불가 판정이 나왔어."

"네? 왜요?"

"방독과 모기 중 누가 힘을 쓴 모양이지 뭐. 다 잊고 새로 출발하고 싶어서 전학시켜 달라고 졸랐어."

자몽차를 한 모금 마시는 선배에게 재욱이 물었다.

"후회한 적 없으세요?"

"뭘? 전학한 거?"

재욱은 말을 고르려는 듯 잠깐 입술을 달싹였다.

"아뇨. 선거 포기한 거요."

학교마다 전교 회장을 선출하는 시스템이 다르다. 건너편 학교는 회장과 부회장을 세트로 투표하는 방식이라 선거에 출마한 회장이 러닝메이트를 해 줄 부회장을 신중히 골랐다. 이와 달리 우신중은 회장과 부회장 선거를 따로 했다. 회장이 중간에 선거를 포기한다고 해서 출마한 부회장 후보에게 피해를 주는 구조가 아니었다.

"아무한테도 말한 적 없는데……. 실은, 후회해."

선배는 재욱의 눈을 오래도록 바라보았다.

"회장이 되지 못한 것보다도, 끝까지 싸우지 못한 걸 후회해. 부당한 일을 부당하다고 말하지 못했으니까. 방독의 기세에 너무 쉽게 눌려 버렸으니까."

재욱은 조용히 고개를 끄덕였다. 그 끄덕거림이 선배의 말에 동의한다는 뜻인지 방독의 기세에 눌리고 있는 지금 상황을 받아들여야 한다는 뜻인지 스스로도 알 수 없었다.

"하나만 부탁해도 될까?"

"네, 선배."

"나 대신 끝까지 싸워 줄래?"

선뜻 고개를 끄덕거릴 수 없어 재욱은 가만히 있었다. 아직은 모든 것이 막막했다. 방독은 물론이고 김영재와 어떻게 싸워야 이길 수 있는지, 부당하다는 걸 누구에게 말해야 하는지, 선배가 부탁한 싸움이 과연 누구를 위한 싸움인지 알 수 없었다. 다만 재욱은 지금 선배에게 이 말을 꼭 해야 한다는 걸 알 뿐이었다.

"저도 뭐 하나 부탁드려도 될까요?"

선배 말대로 방독은 집요했다. 아니, 조금씩 더 교묘해졌다. 아이들 앞에서 재욱의 수행 평가를 쓰레기라고 폄하했다. 재욱만으로는 모자라다고 판단했는지 재욱의 러닝메이트인 한조와 가람까지 공격하기 시작했다. 사소한 일들로 재욱은 연속으로 벌점을 받았다. 가끔은 벌점으로 끝나지 않고 청소까지 해야 했다. 선거 운동에 집중할 수 없는 건 당연했.

여기까지는 그럭저럭 견딜 수 있었다. 마당발 가람의 분석에 따르면 아직은 김영재보다 재욱을 지지하는 아이들이 더 많았다. 그러던 중 도저히 버틸 수 없는 문제가 터졌다.
 "들었어? 이재욱 엄마 정신병자래."
 5교시가 끝난 쉬는 시간. 반 아이들이 속닥거리는 소리를 듣고야 말았다. 재욱의 등허리로 땀이 주르륵 흘러내렸다. 꽉 쥔 두 주먹이 부들부들 떨렸다. 누구일까. 재욱의 엄마 이야기까지 빠삭하게 아는 인간. 재욱이 친한 친구들에게도 말하지 않은 이야기를 보란 듯이 소문내 일파만파로 퍼지게 한 사람.
 재욱은 김영재에게 톡을 보냈다.

 ─애들 다 빠져나갈 때까지 반에 있어라.

 아이들 대부분이 빠져나간 시각. 재욱은 김영재가 있는 교실 뒷문을 거칠게 열었다. 창가 뒷자리에 앉아 공부를 하고 있던 김영재가 고개를 외로 꼬았다.
 "너냐?"
 재욱은 냅다 달려가 김영재 멱살부터 움켜쥐었다.
 "뭐가?"
 숨통이 조이는지 김영재는 캑캑거리다가 겨우 말했다.

"우리 엄마 팔아먹은 게 너냐고, 이 새끼야!"

재욱은 손아귀에 틀어쥔 멱살을 세차게 흔들었다. 만약 소문을 낸 사람이 김영재가 맞다면 지금 당장 녀석을 곤죽이 되도록 때릴 생각이었다. 선거고 뭐고 다 필요 없으니 혼쭐을 내 주겠어.

"뭘 팔아? 이 손 좀 놓고 말해."

김영재는 무슨 말인지 진짜 모르는 듯한 얼굴로 버둥거렸다. 재욱의 기세에 완전히 밀려 어쩔 줄 몰라 했다. 훗, 평소에 운동한 보람이 있군. 재욱은 손아귀에 더 힘을 주며 으름장을 놓았다.

"이 새끼가. 너 계속 거짓말할래?"

"무슨 거짓말. 제발 알아듣게 좀 말해."

김영재는 금방이라도 울음을 터트릴 것 같았다. 연기가 아니라 진짜인가? 그렇다면 루머를 퍼뜨린 건 누구지? 설마 또 방독?

생각 같아서는 더 몰아붙이고 싶었지만 재욱은 멱살을 틀어쥔 손을 놓았다. 김영재가 아이처럼 엉엉 울거나 학폭으로 신고라도 하면 골치 아파질 테니까.

"한 번만 이야기할 테니까 잘 들어. 우리 엄마 우울증 있지만 괜찮아. 정신병자라는 말 함부로 쓰지 마라."

몇 년 전부터 엄마는 우울증이 심해져 약을 먹고 있다. 약을 먹지 않으면 몸 곳곳이 쑤시다며 아무것도 하지 못하고 온종일 누워 있을 정도로 몸 상태가 심각했다. 다행히 꾸준히 약을 먹으면서 컨디션도 표정도 많이 좋아졌다. 재욱은 정신 건강 의학과를 다니는 사람을 정신병자라고 칭하는 건 잘못된 태도라고 배웠다.

"누군데? 누가 너네 엄마 소문을 낸 건데?"

진짜 연기 아니겠지? 만약 연기라면 너 공부하지 말고 연기해라. 백상예술대상에서 남우 주연상 받을 거다, 너.

"너 아니면 방독이겠지."

재욱은 주머니에 한 손을 깊이 찔러 넣으며 매서운 눈초리로 김영재를 쏘아보았다. 잘하는 게 공부밖에 없는, 원칙주의자 김영재는 재욱의 눈빛만으로도 충분히 졸았는지 어깨를 한껏 움츠렸다.

"미안. 삼촌이 소문낸 거면 내가 대신 사과할게."

"삼……촌?"

"방독이 삼촌이야. 외삼촌."

헐. 인맥 하나 없는 김영재에게 이런 황금 인맥이 있었다니. 조카도 아닌 모기를 위해 고데기 선배에게 그토록 잔인하게 굴었던 방독이다. 조카를 위해서 발 벗고 나섰으니 한층 더 모질고 집요해진 거로군.

"왜 그러는지 모르겠어. 애초에 전교 회장 될 생각도 없었는데 삼촌이 하도 강요해서 후보로 나온 거야. 왜 나보다 삼촌이 더 난리인 건지."

김영재는 깊은 한숨을 토해 내며 의자에 슬그머니 앉았다. 고개를 잠깐 들어 올려 재욱의 눈치를 살피는 것도 잊지 않았다.

"그냥 기권하면 안 되냐?"

김영재가 말했다. 재욱은 더 날카로운 눈빛으로 김영재를 노려보았다.

"내가 왜?"

포기하지 말고 끝까지 싸워 달라고 간절하게 부탁했던 고데기 선배의 얼굴이 떠올랐다. 이제 와서 나보고 그냥 기권을 하라고? 누구 좋으라고 내가 포기를 해?

"네가 인기 많은 걸 삼촌도 알아. 삼촌이 계속 괴롭힐 텐데, 그게 난 싫다."

이건 또 무슨 수작일까. 순간 의심이 들었지만 김영재의 말투에 진심이 뚝뚝 묻어나 혼란스러웠다. 재욱은 남은 손을 바지 주머니에 넣고 비스듬한 자세로 섰다.

"기권이 싫으면 힘을 합치자."

김영재가 단어마다 힘을 꾹꾹 주며 말했다.

"뭐?"

"삼촌이 애들 괴롭히는 거, 더는 못 보겠어."

헐, 뭐야. 삼촌과 달리 자기는 평화주의자다, 이 소리인가? 조카가 외삼촌을 직접 공격하겠다, 이 소리?

"삼촌이 자꾸 선을 넘는데 더는 못 참겠어."

그래. 재욱이 아는 김영재는 원칙주의자다. 걸핏하면 원칙을 어기고 편법을 쓰는 삼촌의 행태가 거슬릴 법도 하겠지.

"회장이 되면 엄마랑 삼촌이 컴퓨터 좋은 거로 바꿔 줄 거라고 해서 나온 거야. 프로그래밍 제대로 하려면 사양이 좋아야 하거든."

"프로그래밍?"

"응. 로봇에 관심 많거든."

그런 거구나. 그래서 수학에 목숨을 걸었던 거야. 망치로 머리를 두들겨 맞은 듯한 알싸한 충격이 일었다. 그동안 재욱에게 김영재는 경쟁 상대 그 이상도 이하도 아니었다. 걸리적거려 치워 버려야 하는 장애물일 뿐이었다. 김영재에게 좋아하는 게 있을 거라고 생각하지 못했다. 김영재는 좋아하는 걸 위해 수학을 잘하고 싶고 자신처럼 전교 회장이 되면 얻을 게 있어서 출마한, 그저 평범한 중딩에 불과한 것도 모르고…….

"뭘 어떻게 하자는 건데?"

"원칙대로 하면 돼. 원칙대로."

김영재가 얼마 남지 않은 용기를 모두 짜내 자리에서 성큼 일어섰다.

"학교 게시판은 내가 접수할게. 넌 뭘 할래?"

재욱은 게슴츠레한 눈으로 김영재를 바라보았다. 그동안 수집한 증거를 녀석과 공유해도 될까? 아무리 그래도 방독이 외삼촌인데 정말 김영재가 자신과 한편이 되어 줄까? 이 모든 것이 수작이라면? 자신이 어떤 증거를 수집했는지 파악해 철저히 부수려는 속셈이 깔려 있다면? 무엇보다도 재욱은 김영재가 말하는 '원칙'이 무엇인지 전혀 감이 잡히지 않았다.

"아직 나랑 한편이 될 생각이 없구나."

재욱은 속으로 적잖이 놀랐다. 그동안 자기가 알던 김영재는 원칙만 부르짖고 수학만 잘하는 퉁명청이였다. 눈치도 없고 연애 한 번 못 한 곰팽이 같은 인간이었다. 그런데 지금 이 순간 눈앞에 서 있는 녀석은 그동안 재욱이 생각해 온 김영재와 달랐다. 달라도 너무 달라 낯설고 소름이 돋을 정도였다.

"좋아. 네가 망설이니까 나도 미끼를 하나 걸게."

미끼라. 그 단어가 세상에서 가장 어울리지 않는 사람이 있다면 그건 바로 김영재라고 생각했는데!

"너 하소은 알지?"

텅 빈 교실에 소은의 이름이 울려 퍼졌다. 재욱의 눈이 크게 흔들렸다. 이건 또 뭔 수작일까. 왜 저 녀석 입에서 소은의 이름이 나온 걸까. 머릿속이 복잡한 만큼 속이 울렁거렸다.

"나 소은이랑 친했어. 걔 미술 시작하기 전에 계속 나랑 같은 학원 다녔거든."

소은이랑 친했다고? 이게 또 염장질인가? 휴, 아까 녀석 얼굴에 주먹을 한 방 날렸어야 하는 건데. 녀석이 쌍코피 흘리는 모습을 오늘 꼭 봤어야 하는데.

"내 편이 되면 내가 진짜 중요한 거 알려 줄게. 나만 알고 있는 소은이의 비밀이 하나 있거든."

긴장이 풀렸는지, 아니면 소은이라는 이름에 흔들리는 눈빛을 알아차렸는지 김영재는 느물거리는 웃음을 머금으며 목소리를 낮추었다.

재욱은 김영재가 말하는 소은의 비밀이 궁금해 미칠

것 같았다. 동시에 화가 머리끝까지 뻗쳤다. 이 세상에서 소은을 가장 좋아한다고 자부하는, 나도 모르는 비밀을 김영재 네가 안다고? 너 진짜 내 손에 뒈지고 싶냐?

 소은은 머리끝까지 치밀어 오르는 화를 참을 수가 없다.
 이재욱에 관한 소문이 돌았다. 아니, 더 정확히 말하면 이재욱 엄마에 대한 소문이었다. 누가 봐도 악의적이고 치사한 수작이었다.
 "야, 그 소문 진짜래?"
 "몰라. 근데 존나 이상하지 않냐? 전교 회장 뽑는데 엄마 이야기가 왜 나와."
 "선거가 원래 그렇잖아. 정치인들도 가족 때문에 겁나 고생하잖아."
 매점에 몰려든 애들이 속닥거렸다. 소은은 입술을 꾹 다물고 주먹을 세게 쥐었다. 당장이라도 애들 사이로 끼어들어 큰 소리로 외치고 싶었다.

 이거 이상한 거 맞아. 이재욱이 애들한테 인기가 많으니 상대 쪽에서 끌어내리려고 작정한 거라고!

 소은은 복도에서 재욱이 방독한테 혼이 나는 장면을 본 적 있다. 재욱은 큰 잘못을 저지른 사람처럼 고개를 푹 숙였고, 방독은 손가락 끝으로 재욱의 이마를 쿡쿡 쑤셨다. 저거 가혹 행위 아냐? 확 신고해 버려?

 다음에 목격한 장면은 언어폭력이었다. 애들 몇 명이 재욱의 반 창문에 죽 붙어 있었다. 무슨 일인가 싶어 소은도 창문에 붙어 뒤꿈치를 살짝 들어 올렸다. 또 방독이었다. 방독은 청소 상태가 불량하다는 핑계로 재욱과 재욱의 친구들에게 고래고래 고함을 질렀다. 거친 단어까지 간간이 섞어 가면서 폭언을 해 댔다. 재욱의 고막이 다칠까 싶어 소은은 걱정이 되었다. 연달아 벌어지는 이런 엿같은 일로 재욱의 마음이 다칠까 봐, 당당했던 기세가 꺾일까 봐 노심초사했다.

 지금쯤 재욱도 알겠지. 자기 엄마에 대한 소문을 듣고야 말았겠지. 얼마나 화가 날까. 얼마나 마음이 아플까. 소은은 당장 재욱에게 달려가 위로해 주고 싶었지만 그럴 수 없었다. 자신의 처지를 생각하자 재욱의 고백을 받아 주지 않은 스스로에게 화가 났고 그런 행동을 하도록 만든 진초연에게 다시금 화가 났다. 만약 진초연이 이재욱을 좋아하지 않았다면, 그래서 재욱의 고백을 받아 줬다면 재욱이 힘든 순간에 곁에 있어 줬을 텐데. 어설픈 위로의 말이라도 해 줄 수 있었을 텐데.

예고에서 실시하는 미술 대회를 하루 앞둔 밤. 소은은 잠에 들지 못했다. 아직 다 회복되지 않은 손가락이 걱정되고 유난히 긴장이 되었다. 긴장하면 몸에 힘이 들어가 붓질을 자유롭게 할 수 없다. 이런 상태로 과연 실력 발휘를 다할 수 있을까? 일취월장 실력이 늘고 있는 진초연을 이길 수 있을까?

침대에 드러누운 채 소은은 핸드폰을 만지작거렸다. 들어갈까 말까 한참을 망설이다가 결국 진초연의 SNS에 들어갔다. 역시나 그 애의 SNS는 그림으로 가득했다. 최근에 습작한 그림은 물론이고 자신이 좋아하는 화가, 아티스트 정보를 꼼꼼히 채워 두었다. 화면을 빠르게 스크롤하다가 소은은 마음을 파고드는 단어를 마주했다.

20세기 드로잉의 대가인 리코 레브룬은 "데생 화가는 공격적

이어야 한다. 지속적인 공격을 통해서만 생생한 이미지가 항복해서 그 비밀을 포기하고 가차 없는 선에게 바칠 것이다."라고 말했다.✦

'지속적인 공격'이라는 단어가 소은에게 이렇게 말했다. 나는 될 때까지 그리고 또 그릴 거야. 지치지 않고 꾸준히 그려서 성장하고야 말 거야. 서라운드로 진초연 음성이 재생되는 바람에 소은은 핸드폰을 휙 던져 버리고 손바닥으로 귀를 막았다.

빈센트 반 고흐도 아니고 폴 고갱도 아니고 앤디 워홀도 아니고 고작 열여섯 살밖에 안 된 인간 하나 못 이겨서 쩔쩔매는 자신이 영 못마땅한 소은이었다. 확 이겨 버리면 되지. 소은은 침대에서 벌떡 일어나 다치지 않은 손으로 주먹을 불끈 쥐었다. 보란 듯이 당당히 실력으로 눌러 주겠어.

미술 대회는 예고 강당에서 진행되었다. 소은은 작업복을 입고 플라스틱 의자에 앉았다. 텅 빈 캔버스를 바라

✦ 『작가살이』, 애니 딜러드, 공존, 2018

보다가 대각선 먼 자리에 앉은 진초연을 확인했다. 소은은 정물화 부문이었고 진초연은 정밀 묘사 부문이었다. 응시 부문이 다르다는 것은 중요하지 않았다. 중요한 것은 결과였다. 대상이나 최우수상을 바라지는 않는다. 금상이나 은상을 받으면 정말 좋겠지만 운이 따라 주어야 가능한 일이다. 동상이나 특별상이라도 받으면 얼마나 좋을까. 소은은 심호흡을 하며 연필을 그러쥐었다. 앞으로 네 시간 넘게 이곳에선 숨소리조차 들리지 않을 것이다. 모두 최고의 집중력으로 그림을 그리는 일에만 몰두할 테니까.

밑그림을 끝내고 채색에 들어간 순간 소은은 불길한 예감에 사로잡혔다. 색감 하나만큼은 자신 있었는데 갑자기 어떤 색을 입힐지 망설여졌다. 직감적으로 눈앞에 착 펼쳐졌던 이미지의 향연이 오늘은 보이지 않았다. 지나치게 긴장해서인가. 가슴이 거세게 뛰기 시작했다. 부상을 입은 손가락이 예전과 다르게 뻣뻣하다는 사실이 심장을 짓눌렀다. 마스크를 낀 것처럼 산소가 부족하게 느껴졌다.

무슨 정신으로 그림을 마무리하고 나왔는지 모르겠다. 소은은 기진맥진한 몸을 겨우 이끌고 터덜터덜 강당을 나왔다. 정문에 도착하기 전 고개를 돌려 학교 건물과 운동장을 번갈아 보았다.

이곳에 꼭 오고 싶었는데.

그림을 시작하면서 소은에게는 자신만의 로드 맵이 생겼다. 예고에 들어간 뒤 서양 미술학과에 진학하기. 첫 단추부터 어그러졌다는 생각에 마음이 무너졌다. 그동안의 노력이 물거품이 되었다는 사실을 어떻게 받아들여야 할지 알 수 없었다. 지금 이 순간 소은은 누구보다도 자신이 원망스러웠다.

소은의 시야에 진초연이 포착되었다. 진초연은 여느 때와 다르지 않은 담담한 얼굴로 학교를 빠져나갔다. 소은은 입술을 질끈 깨물며 그 애를 따라갔다. 진초연은 횡단보도를 건너 학교 건너편으로 가더니 도로변에 조용히 서 있었다. 잠시 후 외제 차가 천천히 속도를 줄이다가 비상등을 켜며 진초연 앞에 섰다. 그 애는 뒷문을 열고 자연스럽게 차에 올라탔다. 운전자를 확인하고 싶었지만 선팅이 짙어 안이 보이지 않았다.

뭐야, 진초연. 가난하다며?

진초연이 딱 두 달 다닌 미술 학원에서 작은 행사를 했었다. 물감을 사기 어려운 친구들을 위해 천 원씩 기부금을 모았다. 또 직접 만든 미니 엽서를 팔아 모은 수익금으로 학원비를 도와주었다. 성당에 다니는 원장 선생님이 진행한 행사에 소은 또한 열성적으로 참여했다. 엄마한테 졸라 기부금을 만 원이나 냈다. 직접 그린 정물화와 풍경화가 미니 엽서로 제작돼 나오는 과정을 경험하니 뿌듯하고 좋았다. 그 행사로 몇 명의 아이가 무료로 학원을 다닐 수 있었는데 그중 한 명이 진초연이었다.

그런데 진초연이 외제 차를 타? 오호라, 사람들을 전부 속이고 가난한 척 위장해 후원 사업에 뽑힌 거였어?

분노로 활활 타오른 소은은 집에 가방을 내려놓자마자 아파트 놀이터로 나갔다. 자타 공인 정보통인 변가람을 불러냈다. 분명 대회가 끝났을 때는 몸에 기운이 하나도 남지 않았는데 지금 소은은 피곤하지 않았다. 분노의 힘이었다. 가람은 분리수거용 타포린 백을 들고 나타났다.

"너 오늘 대회 갔다 온 거 아니야? 안 피곤해?"

가람이 그네를 타며 물었다.

"그게 중요한 게 아니고."

소은은 그네에서 벌떡 일어나 가람 앞으로 다가갔다.

"진초연, 가난한 거 맞는지 알아봐 줘."

빈손으로 부탁하기 뻘쭘해 소은은 미리 준비해 둔 음

료수를 가람에게 건넸다.

"진초연? 누구지?"

"몰라?"

"아, 삼 반 애? 걔는 왜?"

가람은 타포린 백을 얌전히 바닥에 내려놓더니 캔 커피 입구를 뜯었다.

"그 전에 나도 물어볼 게 하나 있는데."

가람이 이어 말했지만 소은은 바글바글 몰려든 생각으로 바빠 대꾸조차 하지 않았다. 만약 진초연이 거짓말을 한 거라면? 가난하지도 않은데 후원 사업에 뽑히고 특별 과외를 받은 거라면? 까발려야지. 이건 학원 몇 달 공짜로 다닌 거랑 사이즈가 다르다. 이 사실을 알려야 하는 사람들을 생각해 보자. 일단 학원 원장 샘한테 알려야 하고, 후원 사업을 진행한 대기업에도 알려야 하고, 학교에도 알려야 하고, 그리고 또……

"너, 김영재랑 친해?"

가람이 다 마신 캔 커피를 우그러뜨렸고 그제야 소은은 가람의 말에 귀를 기울였다.

"김영재? 뭐 좀 아는 사이. 그건 왜?"

"아, 네가 김영재랑 친하다는 사실에 으르렁거리는 놈

이 있어서."

"으르렁? 누구?"

"그런 애가 있다. 이 세상에 마지막 남은 로맨티시스트라고나 할까."

로맨티시스트? 뭔 소리야.

초등학교 6학년 때 김영재랑 같은 반이었다. 그때까지만 해도 공부에 미련이 한 줌 남아 수학을 열심히 파고들었는데 김영재가 수학을 잘해 도움을 좀 받았다. 그 후 이 학원 저 학원에서 마주치면서 몇 번 같이 컵라면을 먹기는 했지만 다른 사람에게 친하다고 말할 사이는 아니었다. 오히려 중1 때 같은 반이었던 변가람이랑 더 친했다. 넉살 좋고 애들 사이의 정보에 빠삭한 데다가 운동도 잘해 변가람은 늘 인기가 많았다. 변가람과 친해지면서 재욱 또한 빠르게 인싸가 되었다.

"하여튼 부탁 좀 하자."

소은이 등을 돌려 놀이터를 나가려 하자 가람이 소은을 다시 불렀다.

"야, 하소은. 너 회장 선거 누구 뽑을 거냐?"

잠깐 망설이다가 소은은 큰 소리로 대답했다.

"비밀!"

당연히 이재욱이지. 소은은 은밀한 미소를 지으며 집으로 향했다.

방에 들어서자 엄청난 피로가 몰려들었다. 눈이 뻑뻑하고 머리도 지끈거렸다. 침대에 누우면 그대로 뻗어 버릴 것 같아 잠깐 책상에 앉았다. 오늘 참가한 대회 분위기를 생각하자 숨이 다시 가빠졌다. 텅 빈 캔버스를 앞에 두고 올라온 긴장을 떠올렸다. 손은 주인 말을 듣지 않았다. 내 손 같지 않은 느낌은 처음이었다. 어째서 갑자기 재능이 다 사라진 것 같은 상실감을 느꼈을까. 스스로에 대한 믿음이 사라진 자리엔 의심과 망망대해를 헤매는 듯한 불안만 남았다.

소은은 SNS에 글을 남겼다.

끝까지 공부를 해 보려고 했지만 소질이 없었다. 공부를 포기하고 피아노를 쳤다. 피아노를 포기하고 글을 썼다. 글을 포기하고 그림을 그렸다. 그림을 만나기까지 무수히 많은 포기를 했다. 과감히 포기하지 않았더라면 그림을 만나지 못했을 것이다. 그렇다면 지금 이 순간 그림을 포기한다면? 난 또 어떤 걸 만나고 어떤 길을 가게 될까? 포기하기 위해서는 두둑한 배짱과 커다란 용기가 필요하다. 물론 포기가 꼭 실패를 의미하지 않는다는 걸 이제 잘 안다. 그런데도 포기는 어렵다.

 나를 다시 포기라는 단어 앞에 서게 만든 진초연. 거짓말로 모든 사람을 속이고 가난한 척 위장한 거라면 진짜 가만 안 둬, 너!

 재욱은 화가 난다.

 이제 재욱이 분노하는 대상은 김영재가 아니다. 딱 한 사람 방독이다. 증오와 분노의 힘을 모아 움직여야 한다. 도저히 가만있을 수가 없다.

 분명 승산이 있었다. 공약도 좋았고 러닝메이트가 되어 준 한조와 가람도 잘해 줬다. 방독이 끼어들지만 않았다면 선거 운동도, 선거 결과도 재욱이 원하는 방향으로 흘러갔을 것이다. 당연히 재욱은 방독에게 화가 났다. 작년에 이어 올해도 선거 판을 자기 마음대로 좌지우지하려는 방독의 행태를 지나칠 수가 없다.

 되돌아보면 지금까지 재욱은 한 번도 뭔가를 중도에

포기한 적이 없었다. 아빠는 어려운 가정 형편에도 부지런히 노력해 대기업 팀장 자리까지 올랐다. 한마디로 자수성가한 사람이다. 재욱은 아빠를 롤 모델 삼아 지금까지 부지런히 살아왔다. 엄마가 가끔 아파서 힘든 적도 있었지만 그럴 때마다 재욱은 더 최선을 다했다. 자기 자리에서 자기 몫을 다하는 모습을 보여 주고 싶었다. 그래서 엄마가 아들을 걱정하지 않을 수 있게 만들고 싶었다. 포기는 재욱과 아빠의 사전에 애초부터 존재하지 않는 단어였다.

포기가 꼭 실패를 의미하지 않는다는 걸 이제 잘 안다.

소은의 SNS에 새 글이 올라왔다. 지금 재욱이 어떤 고민을 하는지 소은은 훤히 아는 걸까. 재욱은 소은이 올린 글에 하트를 날려 줄까 말까 고민하다가 핸드폰을 책상에 내려놓고 창문을 활짝 열었다. 한밤의 봄바람이 시원하게 방 안으로 밀려들어 상쾌했다. 고민은 그만하고 이제 행동할 시간이었다. 그리고 재욱은 잘 알고 있었다. 주저하지 않고 행동할 수 있는 힘이 자신에게 있다는 것을.

전교 회장 선거를 이틀 앞둔 날. 재욱은 후보 자리에서 물러났다. 이 소식을 접한 방독은 지금쯤 쾌재를 부르고 있겠지.

　선거를 포기한 다음 재욱은 가장 먼저 김영재를 만났다. 김영재가 말한 소은의 비밀을 당장 알고 싶었다. 재욱은 방과 후 학교에서 좀 떨어진 편의점으로 향했다. 접선 장소를 보냈으니 곧 김영재도 이리로 올 거다. 재욱은 아이스크림 코너에서 소은이 좋아하는 캔디바를 골랐다. 아이스크림을 다 먹을 때쯤 딸랑, 하는 소리가 울렸다. 당연히 김영재라고 예상했는데 아니었다. 변가람이었다.

"너도 캔디바 러버냐? 하소은 짝남 아니랄까 봐."

"너 뭐냐?"

　변가람은 캔 커피를 들고 와 재욱 옆에 앉았다.

"이재욱, 넌 다 좋은데 관찰력이 부족해. 아니다. 세심함이 부족하달까?"

　재욱은 가람이 무슨 말을 하는지 알 수 없어 눈을 깜빡였다. 그러거나 말거나 가람은 캔 커피를 따서 맛있게 마셨다.

"그러니까 내가 무슨 캔 커피를 좋아하는지, 하소은이 누구를 좋아하는지, 하소은 라이벌이 누군지 모르는 거 아니냐."

가람이 남은 커피를 입에 몽땅 털어 넣었다.

"소은이가 누구 좋아하는데? 누구랑 사귀는데!"

가람이 혀를 끌끌 찼다.

"하긴 네가 세심하기까지 하면 좀 비인간적이긴 하다. 그 허점이 너의 매력이지."

"야, 좀 알아듣게 말해."

가람이 다 마신 캔 커피를 우그러뜨리며 말했다.

"세심하지 않은 너를 위해 결론만 말하마."

가람은 캔 커피를 들지 않은 손을 재욱의 어깨에 척 걸쳤다.

"하소은이랑 김영재는 그리 친한 사이가 아니고 김영재가 너한테 알려 주겠다는 하소은 비밀은 하소은이 널 좋아한다는 거다. 이제 좀 알아듣겠냐?"

뭐? 하소은이 날 좋아해?

"한마디로 네가 선거를 포기하지 않아도 됐다는 소리인데 뭐, 나는 네가 하소은 비밀 알려고 선거 포기한 게 아니란 거 아니까."

그건 또 어떻게 아는데? 얘 뭐니. 혹시 무당? 아님 스파이?

"우신중에서 내가 정보력 갑인 거 모르는 사람이 딱

한 명 있지."

가람은 재욱의 눈을 지그시 들여다봤다. 재욱은 그 눈빛이 부담스러워 자기 어깨에 걸친 가람의 손을 홱 밀치며 다시 물었다.

"진짜냐?"

"뭐가?"

"하소은이 나 좋아한다는 거."

가람은 우그러뜨린 캔 커피를 쓰레기통에 홱 던지며 고개를 절레절레 저었다.

"와, 우신중에서 내 정보력을 의심하는 인간도 딱 한 명일 거다."

재욱은 가람의 얼굴을 새삼 쳐다봤다. 공기처럼 늘 곁에 있어서 소중하거나 특별하게 느낀 적 없는 변가람. 선뜻 자신의 러닝메이트가 되어 준 녀석. 넉살 좋고 성격 좋아 늘 아이들한테 인기가 많은 인간. 재욱은 미처 몰랐다. 가람의 정보력이 이 정도일 줄은.

"곧 김영재 올 거다. 얘기 잘 해라."

가람은 모든 것을 꿰뚫는 듯한 눈동자로 재욱을 바라보더니 자리에서 벌떡 일어났다. 가람이 편의점을 나선 뒤에도 재욱은 더디게 두 눈을 깜빡였다. 가람이 이야기한 문장들이 미처 소화가 되지 않아 어안이 벙벙했다.

잠시 후 편의점 문이 열리고 김영재가 들어섰다. 김영재는 조용히 다가와 방금까지 가람이 있었던 자리를 차지했다.

"내일 학교 난리 날 거다."

김영재는 내일 학교 게시판과 자신의 SNS에 글을 올릴 것이다. 재욱이 파워 유튜버와 고발 프로그램을 담당하는 방송국 PD에게 넘긴 자료도 내일 공개된다. 자료는 간단했다. 고데기 선배가 모은 파일과 재욱이 모은 파일. 재욱과 한조와 가람은 방독이 폭력과 폭언을 일삼을 때마다 가만히 당하고만 있지 않았다. 방독이 어떤 짓을 학생들에게 했는지 여러 각도로 생생히 녹음하고 녹화했다. 유튜브 영상 업로드는 내일 오후에, 고발 프로그램 방송은 내일 저녁이다.

"너 집에서 매장당하는 거 아니냐?"

"왜?"

"삼촌을 공격했잖아."

갑자기 김영재는 자리에서 일어나 생수를 집어 들었다. 계산을 한 뒤 재욱 옆자리에 앉으며 생수를 한 모금 마셨다.

"설마 집을 나가라고 하진 않겠지."

"나가라고 하면?"

재욱의 질문에 김영재는 무심한 얼굴로 답했다.

"난 어렸을 때부터 경쟁이 싫었어. 왜들 그렇게 아득바득 남을 이기려고 하는지 이해가 안 가. 수학 경시대회도 전교 회장 선거도 내가 원해서 나간 게 아니야."

김영재는 편의점 앞을 지나치는 사람들을 힐끗 보더니 다시 생수를 마셔 목을 축였다.

"그동안은 그냥 하라는 대로 했어. 그래야 집이 평화로우니까. 근데 이제는 그러지 않으려고. 내가 보기에 아닌 거면, 참지 말고 말하려고. 아닌 건 아닌 거니까."

김영재의 차분한 말투 때문일까. 재욱의 마음속에 작은 생각 하나가 서서히 차올랐다. 김영재와 달리 그동안 나는 경쟁을 즐겼던 거구나. 경쟁에서 이기는 쾌감을 얻기 위해, 다른 사람을 짓밟고 올라서는 성취감을 위해 포기하면 안 된다고 스스로를 몰아붙였구나. 그 과정에서 재욱은 한 번도 스스로에게 물은 적이 없었다. 내가 진짜로 이기고 싶은 것은 무엇이고 내가 진정 원하는 것은 무엇인지를.

아빠는 어릴 때부터 재욱이 뭔가를 포기하지 않으면

크게 칭찬했다. 그 덕에 재욱에게 포기는 패배와 동의어였다. 아마 이번에도 마찬가지였을 것이다. 만약 김영재가 먼저 힘을 합치자고 제안하지 않았더라면 재욱은 사퇴를 하지 않았겠지. 집요하게 모은 증거로 방독과 김영재를 무너뜨리고 보란 듯이 전교 회장이 되고야 말았겠지. 그동안 눈엣가시였던 김영재를 이겼다는 사실에 쾌재를 부르면서.

"나도 방금 사퇴했어. 속이 아주 시원하다."

김영재 말대로 내일 학교는 시끌벅적할 거다. 첫째는 방독이 그동안 저지른 일로 시끄러워지겠지. 선생님들과 교장 선생님은 방독 편을 들까, 아니면 재욱을 비롯한 학생들 편을 들까. 둘째는 전교 회장 후보 두 명이 동시에 사퇴를 해 버려 자동적으로 후보 3번이 전교 회장에 당선될 확률이 높을 거다. 투표 없이 회장이 선출되면 갑론을박으로 말들이 많겠지.

"어쨌든 약속은 약속이니까 하소은 비밀 알려 줄게."

이 와중에도 재욱은 궁금했다. 과연 김영재가 아는 소은의 비밀이 가람이 알고 있는 것과 일치할까? 만약 일치한다면 김영재는 그걸 어떻게 알게 된 걸까? 소은이 자신을 좋아한다는 사실을 어째서 자기만 몰랐던 건지 진짜 모르겠다.

"하소은이 너 좋아한대."

쿵, 재욱의 가슴이 아찔하게 굴러떨어졌다. 이거 찐이구나. 소은이 진짜 날 좋아하나 보다. 아까 가람이 이야기했을 때 믿기지 않았던 사실이 지금은 다르게 다가왔다. 실체가 없던 소문이 묵직한 진실로 느껴졌다.

"진짜냐?"

재욱의 물음에 김영재는 잠깐 쉬고는 말을 이었다.

"하소은이 직접 이야기했으니까 진짜 아닐까?"

"소은이가 직접? 너한테?"

"아니. 나 말고 변가람한테."

김영재가 들려준 이야기는 이러했다. 어느 날 김영재는 전교 회장 선거 포스터 앞에 서 있는 소은을 마주쳤다. 반가운 마음에 김영재가 알은척하며 말을 걸었다. "하소은, 오랜만. 넌 누구 뽑을 거야?" 김영재는 당연히 소은이 자신을 뽑을 거라고 생각했다. 그래도 나름 학원에서 친했던 사이니까. "나 이재욱 뽑을 건데?" 소은은 잠시도 망설이지 않고 아주 단호하게 대답했다. 그제야 김영재는 깨달았다. 소은이 집요하게 올려다보고 있던 포스터의 주인공은 자기가 아니라 기호 2번 이재욱이었다는 사실을.

 다음 날 김영재는 매점에 간식을 사러 갔는데 소은과 가람이 구석진 자리에 나란히 앉아 있는 것이 보였다. 둘이 사귀나, 싶어서 일부러 근처로 다가가 음료수를 보는 척 어슬렁거렸다. 그러다가 재욱의 이름을 듣게 되었다. 소은이 작은 목소리로 재욱에게 관심이 있다는 이야기를 가람에게 고백했는데 김영재는 워낙 청력이 좋아 정확히 들을 수밖에 없었다.

 소은이 날 좋아한다! 이건 소문이 아니라 진짜다!

 재욱은 엉덩이가 들썩거렸다. 지금 당장 소은을 만나고 싶었다.

 "미안한데, 나 먼저 일어난다. 담에 내가 밥 한번 거하게 쏠게."

 재욱이 자리에서 일어서며 말했다. 밥 한 끼로 김영재를 함부로 재단한 잘못이 없던 일이 되지는 않겠지만.

 "진짜지? 비싼 거 먹을 거다!"

 "완전 비싼 거 사 줄게."

 재욱은 소은이 다니는 미술 학원을 향해 달렸다. 지금 이 시간에 소은이 미술 학원에 있을 확률은 90퍼센트였다. 나머지 10퍼센트는 학원 옆 편의점. 그러니 소은을 만날 확률이 무려 100퍼센트였다.

  그런데 만나면 무슨 말을 하지? 무턱대고 나 좋아하는 거 안다고 이야기할 수는 없지 않은가. 다짜고짜 너 사귀는 사람 있다는 말 거짓말인 거 다 안다고 말할 수는 없지 않은가. 그건 이따 고민하고 일단 재욱은 달린다. 지금은 자기 마음에만 집중한다. 아직도 소은에게 무슨 말을 할지 정하지 못했지만 상관없다. 자기를 좋아하면서 소은이 왜 사귀는 사람이 있다는 거짓말을 했는지 모르겠지만 그것도 괜찮다. 전부 다 괜찮다. 지금 당장 소은을 만날 수만 있다면 다른 건 아무래도 상관없다. 만나서 아무 말도 하지 않을지언정 얼굴이라도 보고 싶었다.

  소은을 만나면 환하게 웃어 줘야지. 다친 손가락은 좀 어떤지 물어봐야지. 미술 학원 간판이 보이기 시작했다. 재욱의 심장이 벌렁거렸다.

소은은 화가 난다.

미술 대회 결과 발표가 났다. 우려는 현실이 되어 나타났다. 소은은 아무 상도 받지 못했다. 진초연은 동상을 받았다. 그 말인즉슨 예고 입학에 한발 다가선 진초연과 달리 소은의 로드 맵은 어그러졌다는 뜻이다.

냉혹한 결과를 받아 들고 소은은 두 가지 결심을 했다. 하나는 그림을 포기하는 것. 다른 하나는 진초연을 찾아가 따지는 것.

진초연에게 쏟아붙일 말이 한두 가지가 아니었다. 나는 진실을 알고 있다. 네가 가난한 척 위장해 두 번 다시 오지 않을 멋진 기회를 독차지한 걸 알고 있다. 네가 거짓말을 하지 않았다면, 그래서 만약 내가 특별 과외를 받았다면 오늘 네가 차지한 동상도 내 것이었을 테지. 너의 실체를 모두에게 까발려 주겠어. 너 사람 잘못 건드린 거야.

당장 진초연을 만나려면 어디에 사는지 알아야 했는데 알 수 없었다. 소은이 알기로 진초연은 친하게 지내는 애도 없었다. 하는 수 없이 소은은 다시 가람에게 연락을 했다.

"사는 곳은 모르겠고 걔가 알바하는 곳은 알아냈어."
"알바?"

중딩이, 그것도 그림 그리는 것만으로도 시간이 부족한 애가 무슨 알바를 해? 소은은 가람이 알려 준 가게로 가기 위해 지하철을 탔다. 앱에서 알려 준 대로 3번 출구로 나가 '맛있는 김밥'이라는 분식집으로 향했다.

10분 후 분식집을 찾아냈다. 투명한 유리로 식당 내부가 고스란히 보였다. 입구 바로 옆 의자에 앉아 김밥을 마는 사람이 진초연 엄마 같았다. 딱 한 번이지만 미술 학원 교무실에서 본 적 있는 얼굴이다. 소은은 고개를 숙인 채 김밥을 마는 데 열중하고 있는 그 애 엄마를 세심히 봤다. 고작 몇 년이 지났을 뿐인데 10년은 늙어 보이는 얼굴. 오랜 시간 찡그려서 굳어 버린 미간의 주름. 앙

상한 팔과 양쪽 손목에 찬 손목 보호대.

밥을 먹는 손님들 사이를 분주하게 오가는 진초연이 보였다. 허름한 앞치마를 매고 사람들을 상대하다가 식당 문이 열리자 입구 쪽을 향해 의례적인 인사를 던지는 진초연. 그러다가 식당 바깥에 서서 식당 안을 들여다보는 소은을 알아보고는 눈이 휘둥그레진 진초연.

진초연은 김밥을 마는 자기 엄마와 주방에서 일하는 사람에게 이야기를 한 뒤 식당을 나왔다. 불쑥 찾아온 소은에게 화도 나지 않는지 특유의 희미한 미소를 지으며 말했다.

"여긴 어떻게 왔어? 나 보러 온 거야?"

오늘도 변함없이 다정한 그 목소리에 소은은 어떻게 대꾸해야 할지 알 수 없어 가만히 고개만 끄덕였다.

"잠깐 시간 돼. 사장님한테 허락 받았어."

"너희 엄마 가게 아냐?"

소은의 질문에 진초연은 바람 빠지는 소리를 내며 피식 웃었다.

"사장님이 친척분이야. 아이스크림 먹을까?"

진초연이 앞장을 섰고 소은은 조용히 따라갔다. 식당에서 얼마 떨어지지 않은 편의점으로 들어가며 소은은 생각했다. 뭔가 잘못됐다. 시원하게 쏘아붙이려고 준비한 이야기를 꺼내지 못할 수도 있겠다.

진초연이 아이스크림 두 개를 계산했다. 소은이 가장 좋아하는 캔디바를 내밀며 그 애는 물었다.

"손은 좀 어때?"

소은은 아이스크림 비닐을 거칠게 뜯으며 냉랭한 목소리로 대답했다.

"안 나아도 어차피 상관없어. 그림 그만둘 거거든."

"뭐?"

진초연은 덜 뜯긴 아이스크림을 테이블에 내려놓았다.

"뭘 그렇게 놀라. 너도 아는 거 아니었어? 나 재능 없는 거?"

진초연이 매서운 눈빛으로 소은을 쏘아봤다. 처음 보는 눈빛이었다. 날카로우면서도 어쩐지 슬퍼 보이고, 꾸중을 하는 듯하면서도 따뜻한 애정이 담긴 실로 기묘한 눈빛으로 소은을 보다가 진초연은 주머니에서 핸드폰을 꺼냈다. 암호를 풀자마자 나타난 화면을 소은의 눈앞에 들이밀었다.

그건, 소은이 그린 그림이었다. 그러니까 진초연 핸드폰 배경 화면을 가득 채운 그림은 진초연 것도, 폴 세잔

것도, 파블로 피카소 것도 아닌 소은의 작품이었다.

"이게 왜……."

스르륵 핸드폰을 거두고는 진초연은 화면 속 소은의 그림을 뚫어져라 내려다봤다.

"미안해. 내가 도촬했어."

풀 죽은 목소리였다.

"그냥, 계속 그려 주면 안 돼?"

그 애는 다시 힘을 주어 또박또박 말했다. 그렇게 말한 뒤 진초연은 고개를 올려 소은을 바라봤다.

"나 오래전부터 네 팬이었어. 그림 시작한 것도 너 때문이라고."

뭐? 어리둥절한 눈으로 진초연을 바라보는 소은의 입가가 미세하게 떨렸다. 그걸 감추고 싶어 소은은 얼른 화제를 돌렸다.

"근데 왜 너까지 알바를 해?"

소은의 질문에 진초연은 어설픈 미소를 지으며 방치해 두었던 아이스크림을 다시 들었다.

"엄마 도와주는 거야. 요즘 엄마 몸이 좀 안 좋아서."

그 애의 시큰둥한 말투 때문인지 다시 화가 막 밀려들었다.

"그, 그래도 그렇지, 그러다가 손 다치면 어쩌려고. 그림 그리는 애가 왜 조, 조심을 안 해?"

소은답지 않게 말까지 더듬었다.

"사돈 남 말하네. 흐흐, 이럴 때 하는 말 맞지?"

진초연이 입꼬리를 쓱 올려 웃었다.

진초연이 흘린 웃음 때문인지 소은은 저도 모르게 웃음이 터져 버렸다. 시원하게 웃어 버린 김에 그동안 쌓인 오해를 전부 풀어 버려야겠다. 소은은 남은 아이스크림을 입에 싹 다 넣은 채 웅얼거렸다.

"근데 너 지난번 대회 때 누가 데리러 왔던데?"

'그것도 외제 차로?'라고 덧붙이고 싶었으나 참았다.

"아, 그거 과외 샘이었어."

아이스크림에 박힌 얼음을 오도독 씹으며 진초연이 말했다.

"진짜 좋은 분이야. 특별 과외 끝난 지가 언젠데 아직도 가끔 챙겨 주셔. 나중에 나도 자리 잡으면 그 샘처럼 살고 싶다는 목표가 생겼어."

진초연 얼굴에 다시 희미한 미소가 떠올랐다.

"알바까지 하면 그림은 언제 그려?"

"잠을 좀 줄였어."

"좀?"

"아니, 좀 많이."

가슴에 묵직한 무언가가 번져 나갔다. 소은도 그림을 사랑했지만 잠을 줄이면서까지 습작에 매진한 적은 없었다. 소은은 진초연처럼 알바를 할 필요도, 잠을 줄일 필요도, 물감 살 돈을 걱정할 필요도 없었다. 손을 좀 다쳤다고, 미술 대회에서 좋은 결과를 얻지 못했다고 곧바로 도망칠 생각부터 했다. 깔끔하게 포기하고 또 다른 것에 도전하는 일이 더 낫다고 판단해 버렸다.

"시간이 많지는 않지만 천천히 하자고 스스로를 달래고 있어. 공자님이 그랬대. 멈추지 않는 한, 얼마나 천천히 가는지는 문제가 되지 않는다고."

애초에 진초연과 나는 스타일도 다르고 미술 대회 응시 부문도 겹치지 않았다. 그런데도 왜 그렇게 미워했을까. 왜 반드시 진초연을 이겨야 한다고 끙끙댔을까. 그럴 시간에 연습을 더 할걸. 새로운 색감을 시도해 볼걸.

"공자님 멋진 사람이구나."

갑자기 진초연이 핸드폰으로 시간을 확인하더니 자리에서 일어났다.

"나 가 봐야겠다."

"그래."

둘은 편의점을 나와 분식집까지 나란히 걸었다. 마지막으로 해야 할 말이 남아 있었지만 소은은 망설였다. 지금 이 타이밍에 이 말을 하는 게 맞을지 알 수 없었다. 잘난 척 오지게 하는 걸로 들리지는 않을까. 그냥 숨기는 게 나을까. 숨긴다면 대체 언제까지?

"있잖아, 이재욱이 영화 보러 가자고 하더라."

진초연은 걸음을 멈추고는 소은의 팔목을 부드럽게 잡았다.

"대박! 완전 부럽다!"

그러더니 그 애는 다시 활짝 웃었다. 늘 희미하게만 미소 지어서 몰랐다. 이렇게 아름답고 밝은 미소를 지을 줄 아는 애라는 것을. 그리고 또 몰랐다. 진초연이 강한 아이라는 사실을. 어려운 환경을 탓하지 않고 어떻게든 헤쳐 나가려고 하는 의지가 대단해 보였다. 그런 게 얼마나 많을까. 소은이 미처 알지 못한 진초연의 진짜 모습들. 그것들을 알려고 하지 않은 채 경쟁 상대라는 이유로 무작정 진초연을 미워만 했구나. 나 참 바보 같았구나.

"담에 또 보자."

그 말을 남기고 진초연이 식당 안으로 들어가려 했다.

"잠깐만!"

소은이 다급하게 그 애를 붙잡았다.

"이번에 동상 받은 거 축하해."

진초연이 고개를 크게 끄덕이고는 식당 안으로 잽싸게 들어갔다.

지하철역으로 걸어가다가 소은은 우뚝 멈춰 섰다. 핸드폰을 꺼내 밴드가 붙여진 손가락을 찍었다. 그 사진을 SNS에 올렸다. 이 문장과 함께.

그냥, 계속 그려 주면 안 돼?

역으로 들어오는 지하철을 멍하니 보고 있는데 순간 재욱이 생각났다. 고백을 하기까지 망설였을 재욱의 마음이 빠르게 들어오는 열차처럼 소은의 심장에 달려들었다. 재욱을 만나야 했지만 어디로 가야 할지 알 수 없었다. 소은의 머릿속에 재욱과 친한 가람이 자동적으로 떠올랐다. 전화를 걸었다. 플랫폼은 열차가 만들어 낸 소음으로 소란스러웠다. 그 소음을 뚫으려고 소은은 그 어느 때보다도 우렁찬 목소리로 통화를 했다.

"이재욱 사는 곳 좀 알려 줘!"

지하철 문이 열렸다. 가람이 재욱이 사는 곳과 매일 가는 학원 이름을 알려 주었다. 문이 닫혔다. 소은은 투명한 창에 반사되는 자기 얼굴을 가만히 응시했다. 어디서 많이 본 미소가 얼굴에 천천히 떠올랐다. 진초연의 트레이드마크인 희미한 미소를 짓다가 소은은 온 마음을 다해 환히 웃었다.

　사람들은 아버지를 천재라고 불렀지만 아버지는 천재라는 단어를 싫어했다.
　내가 보기에도 아버지는 그 단어와 거리가 멀었다. 다만 아버지는 아주 부지런하고 성실히 작업을 해 나갈 뿐이었다.
　아버지는 기자 일을 하면서 몇 편의 단편 소설을 발표하다가 내가 초등학생이 될 무렵 본격적으로 장편 소설을 집필하기 시작했다. 단편 소설을 쓸 때 차곡차곡 자료 조사를 하면서 충분히 구상 과정을 거친 덕분에 아버지는 장편 소설 초고를 빠르게 완성해 냈다. 투고를 했지만 열 군데 넘는 출판사에서 거절을 당했다. 뭐, 이런 이야기는 흔해 빠졌다. 그 유명한 소설 『바람과 함께 사라지다』도 스물다섯 번이나 거절을 당했다. 스티븐 킹 일화도 유명하다. 열네 살 때부터 거절 편지를 벽에 박은 못에 끼워 모았는데 못이 떨어질 정도였단다.

다행히 아버지가 투고한 출판사 중 한 곳에서 책을 내줬고 독자들의 반응이 조금씩 왔다. 그러다 영화 제작 소식이 알려지면서 책은 말 그대로 불티나게 팔렸다. 아버지가 그려 낸 판타지 세계가 『반지의 제왕』이나 『해리 포터』 시리즈를 능가한다는 이야기가 솔솔 흘러나왔다. 통장에 꽂히는 인세 덕분에 엄마는 행복한 비명을 질렀고, 나는 아버지가 자랑스러웠고, 아버지는 후속작을 내야 한다는 압박감에 시달렸다.

집에 책이 많아서인지, 책을 많이 팔아 유명해진 아버지 영향인지 나는 어릴 적부터 책을 좋아했다. 익숙한 이야기지만 책을 사랑하는 사람은 친구가 별로 없다. 책을 읽느라 친구 사귈 시간이 없는 건지, 친구가 없기에 책에 파고드는 건지 잘 모르겠다. 닭이 먼저냐 달걀이 먼저냐 같은 어려운 논제다.

학교 수업이 다 끝나면 내 발걸음은 절로 도서관으로 향한다. 깔끔하게 정돈된 도서관에서 책 냄새를 맡으면 마음이 안정되고 평화로워진다. 책을 읽다 보면 금세 작가들과 사랑에 빠진다. 좋아하는 작가가 늘어날수록 자연스럽게 읽어야 하는 책도 기하급수로 늘어난다. 이것이 책을 사랑하는 독자의 가장 큰 행복이라고 늘 생각한다.

가끔 읽고 싶은 책이 도서관에 없으면 희망 도서를 신청하는데 한 학생당 한 학기에 신청할 수 있는 권수가 정해져 있다. 그 권수를 한 달 만에 다 채우고 나면 좀 아쉽다. 이럴 때 희망 도서를 부탁할 친구가 한 명도 없다는 사실이 좀 씁쓸하지만 평소에는 친구가 없다는 사실에 결핍감이나 불편함을 느끼지 않는다.

"제훈아. 희망 도서 신청할 거 있니?"

도서관을 좋아하는 이유 중 하나인 사서 샘이 밝게 웃으며 말을 건넨다. 벌써 희망 도서 신청 권수를 다 채웠는데 저런 말을 내게 하는 이유를 짐작해 본다. 도서관에 자주 오는 나를 위해 특별히 희망 도서를 몇 권 더 받아 주겠다는 뜻이리라.

"아뇨. 괜찮아요."

보고 싶은 책이야 끝이 없지만 규칙을 지키기로 한다. 규칙은 규칙이니까. 800이 붙은 문학 파트를 기웃거리다가 오늘은 소설이 아닌 에세이 코너로 향한다. 내 곁에 다가와 조용히 책을 정리하던 사서 샘과 잠깐 눈이 마주친다. 무슨 할 말이 있는지 샘이 내 쪽으로 몸을 기울인다. 나도 사서 샘 쪽으로 얼굴을 약간 틀었다.

"있잖아, 사계절독서단에 자리 하나 났는데 들어올래?"

학교에서 가장 오래된 동아리이자 자랑거리인 사계절독서단의 명성은 익히 알고 있었다. 어쩌면 나처럼 책을 많이 읽는 사람에게 가장 적합한 동아리일지도 모른다. 하지만 그동안 나는 동아리 활동을 일부러 피해 왔다. 되도록이면 사람과 얽히고 싶지 않았다.

"음, 생각해 볼게요."

샘이 내 곁에 있는 서가에 책을 꽂으면서 말을 이었다.

"책도 무료로 주고 글도 서로 봐 주고 있어. 가끔 작가 특강도 들을 수 있고."

작가 특강이라는 말에 가슴이 뜨거워진다. 내가 곧바로 대답을 하지 않고 머뭇거리자 샘은 한층 더 작아진 목소리로 소곤거린다.

"제훈이 너 글 쓰고 싶어 했잖아."

어떤 대꾸도 하지 못한 채 가만히 서 있다가 언제까지 결정해야 하느냐고 물어보니 샘은 이번 주 안으로 말해 달라고 한다. 그러겠다고 말한 뒤 서가를 돌아 나왔다.

오늘 빌리려고 했던 책이 뭐였더라? 갑자기 머릿속이 복잡해진다. 과연 내가 사계절독서단 활동을 잘할 수 있을까? 동아리 부원들과 부대끼지 않으려나?

제멋대로 상상의 나래를 이어 간다. 사계절독서단에서 활약을 하고 동아리 부장이 된 내 모습 뒤로 작가 특강을 알리는 현수막이 보인다. 시청각실을 가득 채운 아이들과 현수막에 적힌 아버지 이름 세 글자. 만약 지금까지 아버지가 살아 있었다면 내가 다니는 학교로 작가 특강을 와 주지 않았을까. 아무리 바빠도 한 번쯤은 그랬을 것 같다.

아버지는 2년 전 세상을 떠났다. 심근 경색이었다.

※

아버지는 방대한 세계관을 구축했다. 첫 구상 때부터 『골든 넘버』를 5부작으로 생각하고 이야기 구조를 짜 두었다. 그런데 아버지는 4권을 출간하자마자 세상을 떠났다. 사람들은 당황했고 탄식했다. 아버지는 충분히 건강해 보였고 실제로도 그러했다. 누구도 시리즈의 피날레를 장식할 5권을 읽지 못할 거라고 상상하지 못했다.

가슴에 구멍이 뚫린 것 같다는 말을 책에서 읽은 적이 있지만 무슨 느낌인지 몰랐다. 그런데 아버지가 세상을 떠난 날 나는 그 말이 무슨 뜻인지 알아 버렸다.

아버지는 늘 바빴다. 기자 생활과 소설 집필을 병행했으니 바쁠 수밖에 없었다. 장편을 집필하면서 더 바빠졌고 책이 사랑을 받기 전에는 벌이를 위해 여러 잡다한 글을 써야만 했다. 책이 사랑을 받은 후로는 이어지는 인터뷰 요청과 출간 제안에 정신이 없을 정도였다. 그런데도 아버지는 한 달에 한 번은 나를 위해 시간을 따로 내 주었다. 지금 내가 어떤 책을 읽는지, 어떤 고민거리를 품고 있는지 물어봐 주었고 내가 떠듬떠듬 이야기를 시작하면 진심으로 귀 기울여 들어 주었다.

아버지가 내게 처음이자 마지막으로 사 준 선물은 아티(arti)였다. 아티는 예술가를 뜻하는 '아티스트'에서 따온 이름이다. 예술가가 되고 싶은 사심을 담아 지었다. 아티는 똑똑하다. 그리고 아티는 나의 유일한 친구이다.

아티가 내 방을 청소한다. 키가 작아 책상 밑으로 쑥 들어가기도 한다. 책상 위에 놓인 책과 필기구를 렌즈로 훑더니 침대에 누운 나에게 다가온다. 아티가 말을 하면 음성과 문자가 동시에 출력된다. 아티의 몸통에 뜨는 커다란 글씨는 청력이 안 좋은 노인이나 청각 장애인을 위한 기능이다. 대부분의 사람들은 그 기능을 꺼 버릴 텐데 난 그냥 내버려두었다. 아티 몸에 스르륵 떠오르는 글자를 은근히 좋아하기 때문이다.

후니, 질문 있어. 지금 어떤 글을 쓰고 있어?

아티는 나를 제훈, 혹은 훈이라고 부르지 않는다. 발음이 쉽고 편해서인지 꼭 후니라고 부르는데 제법 익숙해져서 이제는 아티가 나를 다르게 부르면 낯설 것 같다.

"그냥 소설."

장르를 물어봐도 돼?

"리얼리즘 오십 퍼센트, 판타지 삼십 퍼센트, 에스에프 이십 퍼센트?"

그게 뭐야. 상상이 잘 안 가는데.

나는 가끔 생각한다. 아버지는 왜 나에게 아티를 사 주었을까. 평소 생일이나 어린이날 선물을 거의 챙기지 않던 사람이 왜 세상을 떠나기 전 아티를 남겼을까. 자기처럼 책을 사랑하는 나에게 친구가 없을까 봐 걱정이 되었을까? 아니면 내가 현실에서 사람 친구가 별로 없다는 사실을 알아차렸을까?

마지막으로 남은 세 번째 질문은 내 심장을 세게 움켜

쥐고 뒤흔든다.

혹시 아버지는 자기가 오래 살지 못하리란 것을 본능적으로 예감했을까?

> 『골든 넘버』 오 권, 네가 써 보는 건 어때?

"뭔 소리야."

> 『골든 넘버』 시리즈를 몇 번이나 반복해서 읽은 사람, 『골든 넘버』 작가에 대해 가장 잘 아는 사람, 너잖아.

"그렇다고 내가 오 권을? 말도 안 돼."

> 김창석 님이 그랬잖아. 예술의 역사는 말도 안 되는 것들을 뒤집은 역사라고.

그렇다. 여기서 김창석 님은 나의 아버지다. 말도 못하게 훌륭해서 떠올리는 것만으로도 나를 잔뜩 주눅 들게 만드는 사람, 나의 아버지.

> 김창석 님이 조사한 자료가 그대로 있잖아. 난 네가 할 수 있다고 봐.

할 수 있다는 말의 의미를 생각한다. 나 역시 내가 아버지가 남긴 자료로 『골든 넘버』 5권을 써낼 수 있다는 것을 안다. 하지만 할 수 있는 것과 잘하는 것은 별개의 일이다. 아버지가 남긴 자료를 뒤좇아 써낸 나의 『골든 넘버』 5권은 완성도가 떨어지고 아주 구릴 것이다. 그동안 아버지가 발표한 네 권의 책을 모욕하는 일이 될지도 모른다.

아티가 마지막으로 한 말이 가슴에 남는다. 어수선한 마음을 달래고 싶어 산책을 갔다 온 뒤 아버지의 서재로 향한다. 조심스럽게 방문을 열자 오래된 책 냄새가 와락 나를 덮친다. 서재는 단출하다. 밖이 보이는 창 쪽으로 커다란 원목 책상이 있고 오른쪽 벽면에는 오래된 책장이 놓여 있다. 왼쪽 벽에는 아버지가 생전 좋아했던 화가 마크 로스코의 대표작 〈오렌지와 노랑〉이 있다. 아버지는 은밀히 마크 로스코를 사랑했다.

마크 로스코는 유명해지기를 바랐다. 자신의 이름이 역사에 길이길이 남기를 간절히 원했다. 미술 평론가들은 입을 모아 말했다. 자신의 평판과 명성을 로스코만큼 걱정하고 집착한 화가를 본 적이 없다고. 참 이상한 일이다. 평생 자신의 명성에 무관심했던 아버지가 완전히 반대 성향인 화가를 그토록 좋아했다니. 아버지는 뭔가를 추앙하거나 우러러보는 것을 경계했다. 한 가지에 지나치게 빠지는 것은 건강하지 못한 태도라고 생각했다. 그런데 아이러니하게도 사람들은 아버지가 설계하고 만든 세계관에 사로잡히고 미친 듯이 빠져들었다.

※

 틈틈이 쓰고 있는 소설이 거의 완성돼 간다. 소설이 완성되면 읽어 봐 주기를 청하자 사서 샘은 사계절독서단 활동을 다시 권유했다. 내가 동아리 활동을 시작하면 얼마든지 소설을 합평해 주겠다고 약속했다.

 그렇게 독서단 활동을 시작했다. 책을 읽고 독후감을 써내는 활동이야 매일 하던 일이니 식은 죽 먹기였다. 가끔 학교 행사에 동원되거나 도서관을 정돈하는 일에 불려 갔지만 힘들지는 않았다. 사서 샘의 예측대로였다. 나를 위해 재단된 옷을 입은 것처럼 독서단 활동은 내게 꼭 맞았다.

 "김제훈, 잠깐 남아 봐."

 언제나 그렇듯이 또 사람이 문제였다. 내가 독서단에 합류한 게 영 못마땅한 사람이 있었고 하필이면 그가 2학년 선배였다. 나는 말 잘 듣는 순한 양이 되어 이경 선배 앞으로 쪼르르 달려갔다.

 "내일 진로 탐색 시간에 특강 있어. 끝나면 시청각실

정리 좀 해."

"네? 저 혼자서요?"

선배는 껌을 질겅질겅 씹고 있었다. 일반 껌이 아니라 풍선껌인 듯 입안 가득 껌이 출렁였다.

"뭐지? 그 불손한 말투는?"

아차 싶었지만 늦었다. 선배는 미간을 찌푸리더니 유난히 커다랗게 보이는 손으로 내 목덜미를 덥석 잡았다.

"신고식 같은 거야. 원래 독서단 처음 들어오면 다 하는 거라고. 알았어?"

선배의 손바닥이 너무 뜨끈해서, 아니 너무 축축해서 나는 대답하는 것을 잊었다. 그의 손길에서 벗어나고 싶은 마음뿐이었다.

"야, 대답 안 하냐?"

"네!"

선배는 쉽게 나를 보내 줄 마음이 없어 보였다. 입술을 모아 풍선을 불더니 손가락 끝으로 내 이마를 콕콕 찔렀다.

"이 새끼, 말이랑 눈빛이 영 다르네?"

내가 뭘 잘못한 걸까. 우렁차게 대답을 잘 했는데 왜 끝나지를 않는 걸까. 같은 학년이면 가볍게 개무시해 주고 넘어가면 그만인데 그가 선배라 그럴 수 없었다.

"야, 김제훈."

선배가 한껏 목소리를 깔았다. 선배는 내가 무서워하거나 쪼들리기를 원할 텐데 나는 희한한 기분을 느꼈다. 이런 식의 말과 행동으로 상대방을 찍어 누를 수 있다고 생각하는 선배가 우스꽝스럽고 가련했다.

"너 뭔가 착각하는 것 같은데."

선배의 손이 목덜미에서 정수리 쪽으로 스르륵 올라왔다. 갑자기 선배가 손에 힘을 주었고 나는 선배에게 완전히 고개를 숙인 상태가 되었다. 선배가 턱끝으로 내 정수리를 지그시 누르며 말했다.

"네 아빠가 좀 유명하다고 너까지 뭐라도 된 줄 아나 본데 조심해. 선배들 만나면 고개 빳빳이 들지 말고 눈부터 깔라고. 오케이?"

그날 집으로 돌아와 나는 아버지 서재에 종일 짱박혔다. 오늘 나에게 있었던 일을 되새김질하고 싶지 않았다. 그러려면 내가 무엇을 해야 하는지 어렴풋이 알 것 같았다. 나는 책상 끄트머리에 쌓인 파일과 함께 바닥에 퍼질러 앉았다. 그 파일들은 아버지가 『골든 넘버』 5권을 위해 모아 온 자료와 구상안이었다.

아버지는 노트북으로 빠르게 글을 썼지만 구상과 인물 부화만은 종이에 직접 했다. 오래돼 색이 바랜 신문과 종이에 적힌 글씨를 하나씩 들여다봤다. 인물과 공간에 관한 설정부터 사건의 진행 과정까지 모든 계획이 빼곡히 메모되어 있었다. 마치 아버지의 뇌를 열고 그 안을 들여다보는 것 같았다. 아버지가 마지막 책이 될 5권을 통해 하고 싶은 이야기가 무엇인지 어렴풋이 느껴졌다.

내가 이 이야기를 쓸 수 있을까?

쓸 수 있을 것 같았다. 시간이 걸리겠지만 이 자료들만 내 곁에 있어 준다면 완성은 문제없을 듯했다.

과연 멋진 이야기가 될까?

그건 자신할 수 없었다. 확실히 아버지가 직접 써냈을 원고에 비한다면 허접할 것이다. 만에 하나 내가 쓴 소설을 세상에 발표한다면 굉장한 비난이 쏟아질 것이다. 아들이라는 이유로 감히 김창석 님의 소설 세계를 망친 실력 없는 애송이 작가 지망생에게 사람들은 온갖 저주를 퍼붓겠지.

안드리아는 해가 지지 않는 도시다.

내 속도 모르고 첫 문장이 스르륵 떠올라 버렸다. 그리고 그다음 문장. 또 다음 문장. 손에 모터를 단 것처럼 타이핑을 이어 나간다. 손끝이 춤을 춘다. 머릿속에 떠오르는 문장들을 타이핑 속도가 따라잡지 못한다. 한 문단이 완성되고 어쩌다 보니 글자가 빽빽하게 적힌 한 페이지를 마주한다.

더 쓸 것인가? 당연하지. 언제까지? 끝을 볼 때까지. 소설을 한 번이라도 써 본 사람은 알 것이다. 달리기 시작한 열차를 멈추는 일에 비한다면 계속 달리는 일은 그리 어렵지 않다는 것을.

『골든 넘버』 5권 원고를 3분의 1 정도 썼을 때 나는 사서 샘에게 도움을 요청했다. 지금 내가 가는 길이 잘못된 방향은 아닌지 확인해 줄 사람이 필요했다. 사서 샘은 메일로 원고를 받자마자 답장을 보냈다. 소설을 쓰는 일이 쉬운 일이 아닌데 수고가 많다고 하면서 나흘 후인 금요일에 도서관으로 오라고 했다.

소설을 쓸 때와 달리 시간이 느릿느릿하게 흘렀다. 밥

을 먹어도, 아티와 이야기를 나눠도, 책을 읽어도 초조함이 사라지지 않았다. 지금쯤 샘이 원고를 얼마만큼 읽었을까. 다 읽고 나서 나에게 실망하면 어쩌나. 만약 지금이라도 그만 쓰는 게 좋겠다는 뜻을 넌지시 비치면 어떤 결정을 내려야 하나. 쉴 새 없이 떠오르는 생각들로 속이 시끄러웠다. 생각을 물리치고 싶어 아버지 서재에 들어가 책을 둘러보다가 5권의 자료들을 내려다보았다. 순간 눈앞이 흐려지면서 자료에 적힌 글자들이 수직으로 튀어올랐다.

─이쯤에서 그만두는 게 어때.
─네가 쓴 글은 쓰레기야.
─아버지한테 부끄럽지도 않냐.

글자들이 뭉게뭉게 퍼져 나가는 것을 아연히 보다가 서재를 뛰쳐나왔다. 학교 운동장까지 쉬지 않고 달렸다. 숨이 찰 때까지 달리니 몸이 고통스러웠지만, 덕분에 나를 괴롭혔던 글자들이 말끔히 사라졌다. 모든 것이 사라지고 고요해진 곳에 내 가쁜 숨소리와 터질 것처럼 뛰는 심장 소리만 남았다.

드디어 금요일이다. 오후 수업을 마치고 당번이라 청소까지 끝마쳤다. 가방을 한쪽 어깨에 걸쳐 멘 채 느릿느릿 도서관으로 걸었다. 내가 쓴 소설에 대한 평가를 일분일초라도 빨리 듣고 싶은 마음과 최대한 늦게 듣고 싶은 마음이 계속 충돌한다. 빨리 걷다가 느리게 걷기를 반복하다가 결국 도서관 앞에 도착한다. 깊은 한숨을 내쉬면서 문을 빠끔히 열어 본다. 마침 내가 오기를 기다리던 사서 샘과 눈이 딱 마주친다. 나는 어색한 미소를 짓다가 만 채로 도서관 안으로 들어선다. 사서 샘은 자료실 맞은편 강연실로 나를 안내한다. 창가 앞 의자에 샘이 먼저 앉고 내가 건너편에 마주 앉는다.

"진짜 고생했겠다, 제훈아."

머쓱해진 내가 손등으로 코를 문지른다. 샘은 출력한 원고를 테이블 위에 놓은 뒤 소중한 보물이라도 되는 듯 손끝으로 쓰다듬는다.

"아버님이 얼마나 뛰어난 작가인지 샘도 잘 알고 있어. 시작하기 전에 제훈이 네가 얼마나 부담스러웠을까 싶어. 자료가 있다고 해도 말이야."

마음이 노곤노곤하게 녹아내린다. 말하지 않아도 내 마음을 알아주는 사람이 있다는 것이 위안과 감동을 준다. 그 자체로 내게는 기적 같은 일이다.

"원고 이야기를 좀 해야겠지?"

이제 본론이다. 긴장감에 입안이 바짝 마른다.

"아버님이 사 권까지 쓰신 것과 문체와 분위기가 다른 건 사실이야. 근데 그게 크게 문제가 될까 싶어. 샘은 이 원고 나쁘지 않았어. 끝까지 읽어 보고 싶어."

텅 빈 강연실에 샘의 차분한 목소리가 조용히 울려 퍼진다. 누군가 나의 글을 더 읽어 보고 싶다고 말한다. 완성도가 나쁘지 않다고 말해 준다. 그렇다면 조금 더 써도 되는 걸까.

"근데 끝까지 완성할 자신이 없어요."

따뜻한 격려를 받으니 몸 구석구석을 가득 채웠던 긴장이 와르르 무너진 걸까. 아니면 누구보다도 나를 이해해 주는 샘에게 괜히 칭얼대고 어리광을 부리고 싶었던 걸까.

"모든 작가가 그렇지 않을까? 혹시 그 말 들어 봤니? 경력 사십 년 차 작가도 초고를 쓸 때는 몹시 두렵고 무섭다는 말."

두렵고 외롭다. 아직 애송이에 불과하지만 그래도 안다. 창작하는 일은 본질적으로 외로운 일이라는 것을. 아버지도 많이 외로웠을까? 아버지 마음을 알아주는 사람이 한 명이라도 있긴 했을까? 아버지는 엄마를 사랑했지만 엄마에게 온전히 이해받지는 못했을 것 같다. 내가 옆에서 보기에 그랬다. 아버지와 엄마는 기질과 취향이 너무 다른 사람들이었으니까.

샘이 끝까지 읽어 보고 싶다고 했으니 적어도 한 명의 독자를 확보한 셈이다. 그깟 한 명이 아니다. 때론 한 명의 독자가 수많은 독자보다 중요할 수도 있다. 영국 작가 루이스 캐럴도 말했다. 『이상한 나라의 앨리스』는 단 한 명의 독자를 위해 쓴 소설이라고.

학교가 끝나면 바로 수학 학원을 가야 했다. 엄마가 내게 원한 것은 단 하나였다. 좋은 성적을 바라지는 않으니 최선을 다하는 척이라도 해 달라고. 엄마 말에 따르면 아버지는 수학을 잘했다고 한다. 그러면서 엄마는 이렇게 말했다.

"글 쓰는 거랑 수학이 관계없어 보이지만 그렇지 않아. 네 아빠가 종종 그랬어. 수학을 열심히 공부해 둬서 자기가 방대한 서사 구조를 짤 수 있는 거라고."

아버지가 떠난 후로 극심한 상실감과 우울감에 시달리던 엄마는 요즘 운동에 푹 빠져 지낸다. 줌바 댄스, 아쿠

아로빅, 필라테스, 요가, 배드민턴, 탁구까지 섭렵하면서 말 그대로 진이 빠질 때까지 운동을 하다가 저녁 아홉 시가 되면 실신한 사람처럼 곯아떨어진다. 그때부터 나의 세상이 펼쳐진다. 엄마가 깊은 잠에 빠질 무렵 나는 조용히 서재로 건너가 아버지가 앉았던 자리에 앉아 아버지가 썼던 노트북을 켠다. 바닥과 책상 위에 지저분하게 펼쳐 둔 자료를 잠깐씩 훑어보면서 문장을 이어 나가기 시작한다.

　　신비로운 일을 경험할 때 사람의 반응은 두 가지로 나뉜다. 세상을 의심하거나 자신을 의심하거나. 당신은 어떤 사람인가.

음, 나쁘지 않아. 문장 하나를 건졌다. 다섯 시간의 작업 결과 괜찮은 문장 하나를 건졌다면 오늘 실적은 나쁘지 않은 편이다. 기지개를 켜며 아직 어두컴컴한 창밖을 바라본다. 엄청난 피로감과 함께 졸음이 쏟아진다. 이제 노트북을 꺼야 할 시간이다. 그 타이밍을 기가 막히게 아는 아티가 방문을 두드린다.

> 후니, 배고프지 않아?

아티의 손에 딸기우유가 들려 있다.

"조금."

나는 건네받은 우유를 쭉 들이켠 후 나보다 키가 한참 작은 아티를 내려다본다.

"아티, 아버지는 보통 몇 시까지 작업했어?"

음, 새벽 두 시를 넘기진 않았어.

"네가 아버지도 이렇게 챙겨 준 거지?"

그럼. 네가 자는 동안 김창석 님과 난 많은 이야기를 나눴지.

"그래?"

서재를 나와 내 방으로 돌아왔다. 침대에 누우려는데 아티가 불쑥 말을 건다.

김창석 님과 어떤 이야기를 나눴는지 들려줄까?

잠이 훌쩍 달아난다. 그렇지. 아티에게는 대화를 항상 녹음해 두는 기능이 있다. 침대에 엉덩이만 살짝 걸친 채로 두 손을 마주 비볐다. 아티는 내 마음을 알아차린 것처럼 조명 기능을 켠다. 아티의 둥그런 머리에서 은은한 LED 빛이 뿜어져 나온다. 그 뒤로 들리는 아버지의 목소리.

"아티. 고맙구나."

뭘요. 도와드릴 수 있어 기쁩니다.

"제훈이는 자나?"

그렇습니다.

"요즘 제훈이는 어때 보여?"

음, 건강 상태를 말씀하시는 겁니까?

"맞아."

아주 건강합니다. 잠도 잘 자고요.

"마음은?"

그건 제가 잘 모르는 분야지만 몸이 건강한 걸 보면 마음도 건강하지 않을까요?

"하하, 일리가 있네."

아버지의 웃음소리가 공기를 지나쳐 내 마음에 꽂힌다. 가슴에 서늘한 바람이 지나간다. 가슴에 뚫린 구멍으로 흘러 들어온 모래가 제멋대로 서걱거린다. 아버지가 보고 싶다.

"난 말이야. 제훈이가 글을 쓰지 않았으면 좋겠어."

왜죠?

"글 쓰는 일은 힘드니까."

외람되지만 세상에 힘들지 않은 일이 있을까요?

"하하, 오늘 두 방이나 먹었네."

잠시 아버지와 아티 사이에 침묵이 흐른다.

뭐가 됐든 후니는 잘 해낼 겁니다.

"그런가?"

그럼요. 후니 곁에는 제가 늘 있을 거니까요.

"그래. 아티가 있어서 든든하네, 든든해."

재생이 끝났다. 은은하게 빛나던 조명도 꺼졌다.

이제 잠을 자야 할 시간이다. 아까 분명 피곤했는데 이상하게 잠이 오지 않는다. 침대에 누웠지만 정신은 오히려 더 또렷해진다. 아티가 부럽다. 아버지와 밤마다 친밀한 대화를 나누어서, 아버지와 나눈 대화를 언제든 재생할 수 있어서, 솔직한 대화로 아버지를 호탕하게 웃도록 만들어서. 지금만큼은 세상에서 아티가 가장 부럽고 밉다.

※

1년에 한 번뿐인 작가 특강이 잡혔다. 사서 샘과 국어 샘은 물론이고 국어 교생 샘들까지 분주했다. 사계절독서단 부원들도 마찬가지로 바빴다. 해야 할 일이 많아 대강 점심을 빵으로 때울 생각이었는데 급식실에서 카레

냄새가 솔솔 흘러나온다. 아, 카레는 또 못 참지. 급식실로 달려가 식판과 수저를 주섬주섬 집는다. 카레와 밥을 가득 담아 빈 테이블에 앉는데 독서단 선배 몇 명이 우르르 다가와 내 곁에 앉는다.

"김제훈, 내일 특강 오는 작가 만난 적 있냐?"

독서단 활동을 가장 오래 한 터줏대감 신혁 선배가 묻는다.

"아뇨."

"그럼 너희 아빠랑은 친한 사이냐?"

"글쎄요."

"그럼 너희 아빠랑 친한 작가는 누구냐?"

"글쎄요."

"야, 친한 작가가 한 명은 있을 거 아냐."

"글……."

"아, 좀! 이 새끼 진짜 말이 안 통하네."

신혁 선배가 나를 흘겨보다가 분노의 숟가락질을 한다.

"너, 이경이가 소설 쓰는 거 아니?"

내 앞자리에 앉은 동식 선배가 꽤나 부드러운 목소리로 질문을 날린다.

이경 선배가?

"아뇨."

동식 선배는 급식실 입구 쪽을 살짝 건너보다가 다시 나를 바라보았다. 이경 선배가 근처에 있는지 체크하는 것 같았다.

"그럼 너 걔가 가장 존경하는 사람이 김창석인 것도 몰라?"

"야, 말 섞지 마. 얘는 '아뇨.'랑 '글쎄요.'밖에 몰라."

입안 가득 카레를 머금은 채 신혁 선배가 웅얼거렸다.

신혁 선배가 그러거나 말거나 동식 선배는 의미심장한 눈길로 나를 지그시 보더니 마지막 말을 기어이 남겼다.

"이경이 요즘『골든 넘버』5권 쓰고 있다."

나도 모르게 두 눈이 동그랗게 커졌다. 나 말고도『골든 넘버』5권을 쓰는 사람이 있을 거라고 어렴풋이 짐작했지만 이렇게 가까이에 있을 줄은 꿈에도 몰랐다. 동식 선배 말에 따르면 이경 선배는 1권부터 4권까지 다섯 번이나 읽었다고 한다. 자주 읽다 보니 소설 속 인물들이 자기가 만든 것처럼 느껴졌고 그러자 5권을 몹시 읽고 싶어졌다고 한다. 읽고 싶은 글이 세상에 존재하지 않을 때 어떤 사람은 그냥 그 글을 써 버린다. 이경 선배가 그런 사람이었고 일단 자기 맘대로 쓴 다음에 반 정도 완성이 되면 인터넷에 연재할 생각이란다.

　내 머리를 지그시 누르던 이경 선배의 턱 끝이 생생히 떠오른다. 유난히 날 선 말투도. 그래서 나를 싫어했던 걸까. 자기가 가장 존경하는 사람을 아버지로 둔 사람. 『골든 넘버』 5권을 쓸 것 같은 사람. 쓴다면 자기보다 유리한 입장일 것이 분명한 사람. 바로 나 김제훈. 나 같아도 내가 재수 없고 싫겠다.

　꼬리에 꼬리를 물고 이어지는 생각 끝에 남은 문장 하나. 그렇다면 아버지를 사랑한, 『골든 넘버』의 엄청난 팬들에게 나는 저주를 퍼붓고 싶은 경계 대상 그 이상도 이하도 아닌 걸까.

　마음이 심란해지면 서재로 기어들어 간다. 평생 아버지가 가장 많은 시간을 보냈던 의자에 앉아 아버지의 숨결이 묻어 있을 것만 같은 책상 표면을 손끝으로 훑는다. 아버지에게 책상은 어떤 의미였을까. 아버지는 책상 앞에 앉아 있는 시간을, 소설의 세계에 몰두한 시간을 좋아했을까. 작가로서 괴로운 순간은 없었을까. 만약 있었다면 그건 언제였을까. 그 괴로움을 어떻게 달랬을까.

　아버지가 좋아했던 작가 프란츠 카프카는 이런 말을 남겼다. "죽은 사람을 무덤에서 끌어낼 수 없듯이 나를 밤의 책상에서 끌어낼 수 없습니다." 아버지는 죽음의 세계로 건너갔다. 다시 나를 보러 올 수 없다. 다시는 아버지의 목소리를 들을 수 없다. 에리히 헬러는 이렇게 말했다. "오직 책상만이 광란으로부터 카프카를 구원했다." 아버지도 그랬을까. 책상에 앉는 시간이, 글쓰기가, 아버지가 구축한 세계가 아버지를 구원한 순간이 한 번이라도 있었을까.

아티가 내게 들려준 아버지의 혼잣말은 이러했다.

"내 안을 가득 채운 오만이나 허세, 두려움이나 인정 욕구, 조급증과 강박을 모두 버리고 오롯이 기쁨과 확신만으로 작가의 길을 걷고 싶은데."

하지만 내가 듣고 싶고 기억하고 싶은 아버지의 말은 이런 것이 아니다. 아주 작고 사소한 것에 대한 아버지의 의견이 궁금하다. 아버지가 가장 힘겹고 외로웠던 순간은 언제였는지 알고 싶다. 더 나아가 아버지에게 엄마와 나는 어떤 존재였을지 궁금하다. 살아생전 아버지는 나를 어떤 사람이라고 생각했을까. 나에게 작가로서의 재능이 조금이라도 있다고 생각했을까.

『골든 넘버』 5권을 쓰려고 책상 앞에 앉을 때마다 알아차렸다. 소설을 완성하는 것은 거대한 세계관이나 멋진 상상력이 아니었다. 엄청난 서사와 주제 의식도 아니었다. 소설을 지속하게 하는 것은 단 하나의 문장이었다. 소설 속 문장 하나는 소설 전체와 맞먹었다. 하나의 문장이 바뀌면 소설 전체가 바뀌어야 하니까. 소설이라는 건물을 지탱하는 벽돌 하나하나가 이토록 소중하다는 사실을 아버지도 당연히 알았으리라. 이런 이야기를 아버지와 나누고 싶다. 단 한 번이라도 좋으니 그럴 수 있다면…….

　　안드리아에 필요한 것은 영웅이 아니었다. 이곳을 소중하게 생각하고 지키려는 결심을 실행해 줄 단 한 사람의 존재였다.

아티가 나를 흔들어 깨웠다. 설정해 둔 알람 시간보다 훨씬 전이었다. 나는 졸음과 짜증이 반쯤 섞인 목소리로 아티를 책망했다.
"나 어제 늦게 잔 거 알잖아."
오늘따라 아티는 쉽게 물러날 기색이 아니었다.

일어나, 후니. 엄청난 뉴스가 있어.

 손등으로 눈을 비비며 몸을 일으켰다. 비몽사몽인데 내 눈앞으로 아티가 홀로그램 뉴스를 띄웠다. 홀로그램 화면에 아버지의 얼굴과 『골든 넘버』 표지가 있었다. 아나운서의 목소리가 깔렸다.

 "베스트셀러 작가 김창석의 『골든 넘버』 오 권, 완결판이 나왔습니다. 소설의 완결성을 떠나 과연 누가 오 권을 써냈는지 궁금증이 커지고 있는데요. 책 표지에 적힌 저자 이름은 '석'이고 출판사 측은 작가의 존재를 알릴 수 없다는 답변만 반복하고 있습니다."

 누군가 벌써 『골든 넘버』 5권을 완성해 냈다고?

 "말도 안 돼."

 인터넷 서점에 접속해 책에 관한 정보를 훑었다. 630페이지? 『골든 넘버』 4권보다 더 방대한 분량이다. 아무리 말도 안 되는 것들을 뒤집은 것이 예술의 역사라고 해도 이게 말이 되나? 이토록 짧은 시간에 630페이지를 썼다고? 만약 프로 작가에게 아버지가 서재에 남긴 자료를 직접 들고 가 무슨 일이 있어도 최대한 빨리 써 달라고 부탁했다면 가능할지도 모른다. 하지만 『골든 넘버』 5권에 관한 알짜 정보는 모두 나에게 있다.

머릿속에 떠오른 생각은 하나였다. 사서 샘을 만나야겠다. 의자에 대충 걸쳐 둔 가방을 메는데 엄마가 노크 후 방문을 활짝 열었다.

"어디 가게?"

"학교."

"오늘은 집에 있어."

"결석하라고?"

"그래."

나는 엄마 앞으로 다가가 엄마의 눈동자를 바라봤다. 며칠 사이에 또 키가 큰 걸까. 엄마와 키가 비슷했던 걸로 기억하는데 오늘 보니 엄마 머리가 나보다 아래에 있다.

"학교 가야 해. 만나야 할 사람이 있어."

내 말에 엄마는 숨을 크게 내쉬며 팔짱을 풀었다. 엘리베이터에서 내려 아파트 공동 현관을 나서자 카메라 플래시가 마구 터졌다. 플래시 빛 때문에 잠시 눈앞이 캄캄해졌다. 미간을 찌푸리며 눈을 치떴다. 공동 현관 앞에 진을 친 기자들과 드론 카메라 수십 대가 보였다.

"학생은 학교에 가야 하니 저랑 이야기하시죠."

엄마가 크게 말했고 몇몇 기자들이 움직거려 길을 터 줬다. 그 틈을 비집고 나온 나는 학교로 달려갔다.

도서관에 도착해 가쁜 숨을 몰아쉬었다. 사서 샘은 부재중이었다. 샘 자리 주위를 빙빙 돌다가 마우스를 톡 건드려 봤다. 어두웠던 화면이 밝아지면서 샘이 마지막으로 봤던 페이지가 눈에 들어왔다. 역시나. 샘은 『골든 넘버』 5권을 주문 완료했다.

빈 자리에 앉았다. 마른세수를 하다 책상에 팔꿈치를 괴고 두 주먹으로 관자놀이를 눌렀다. 작가 이름은 '석'이었다. 당연히 필명일 것이다. 작가는 대체 누구일까? 혹시 이경 선배일까? 그건 불가능하다. 선배도 나처럼 학교 수업이 끝나면 학원에 다닌다고 들었다. 매일 밤을 꼬박 새고 주말 내내 집필에 매달린다고 해도 630페이지를 써낼 수는 없다. 장편 소설 완성에 필요한 최소한의 시간이라는 게 있으니까. 그렇다면? 어쩌면 AI 작품일지도 모른다. 작년에 글 쓰는 AI '오서'가 세상에 나왔다. 오서가 써내는 양은 당연히 방대했다. 오서는 잠을 잘 필요도, 밥을 먹을 필요도, 샤워를 할 필요도 없으니 말 그대로 24시간을 모두 글 쓰는 데만 쓸 수 있다.

도서관 문이 열렸다. 사서 샘인 줄 알고 벌떡 일어났는데 독서단 선배들이었다. 선배들은 나를 보자 '오, 너 잘 만났다.'라는 얼굴로 달려들었다.

"우리 너 찾고 있었음."

신혁 선배가 히죽히죽 웃으며 내 어깨에 팔을 걸쳤다.

"새끼, 너도 놀랐겠다."

그나마 말이 통하는 동식 선배가 말했다.

"야, 오 권 쓴 거 너냐?"

오늘도 이경 선배 말투는 날카롭기 그지없다. 내 눈동자를 노려보는 눈빛도 매섭다.

"아뇨."

신혁 선배가 쓱 끼어든다.

"야, 야, 얘한테 뭘 묻지 마. 얜 '아뇨.'랑 '글쎄요.'밖에 몰라. 이렇게 어휘력 달리는 놈이 육백 페이지를 어떻게 쓰냐?"

5권을 쓴 사람을 찾는 걸 보면 이경 선배도 '석'이라는 작가가 아니다. 그렇다면 남는 가설은 딱 하나다.

"아무래도 오서 같아요."

선배들 틈바구니에서 겨우 용기 내 입을 열었는데 바로 태클이 들어온다.

"오서 아니야."

신혁 선배다.

"오서면 출판사에서 밝혔을 거다."

이경 선배다.

"출판사에서 거짓말을 한 거면요?"

내 물음에 동식 선배는 차분한 어조로 반박했다.

"출판사가 뭐 하러 그런 거짓말을 할까?"

이익을 위해. 작가가 오서든 아니든 5권은 불타나게 팔릴 것이다. 판매 부수가 줄어들 때쯤 출판사는 오서 카드를 꺼내서 또 한 번의 센세이션을 노릴지도 모른다. 욕을 먹든 말든 아버지가 살아 있을 때처럼, 아니 그때보다 더 엄청난 매출을 기록할 수만 있다면 출판사로서는 해 볼 만한 장사 아닌가?

"하여튼 오서는 아닌 것 같은데 냄새가 나."

이경 선배가 말했다.

"존나 구린내가 나지."

신혁 선배가 비장하게 고개를 끄덕였다.

"일단 오 권부터 읽어 보자."

동식 선배가 말했고 모두 침묵했지만 속으로 격하게 수긍했다. 책을 읽으면 새로운 단서를 찾을 수 있을 것이다. 『골든 넘버』 시리즈를 다섯 번 넘게 읽은 이경 선배, 활자로 된 건 뭐든 읽어 버리는 동식 선배, 걸쭉한 입담과 어울리지 않게 자료 조사 하나만은 꼼꼼하게 잘하는 신혁 선배, 그리고 작가의 하나뿐인 아들 나 김제훈. 이렇게 사계절독서단 핵심 멤버가 5권을 읽고 샅샅이 해부할 것이다.

수업 시작을 알리는 예비 종이 울렸다. 사서 샘을 만나지 못했다는 아쉬움을 안고 교실로 걸어가는데 복도에서 샘을 딱 마주쳤다.

"제훈아."

샘은 오늘도 정다운 목소리로 내 이름을 불렀다.

나는 빠른 걸음으로 샘 앞에 다가섰다.

"소식 듣고 놀랐어. 너도 많이 놀랐지?"

어떤 말을 하지 않아도 샘이 내 마음을 다 아는 것 같아 나는 조용히 고개만 끄덕였다.

"당황했겠지만 무시하고, 그냥 너의 글을 써."

"네?"

"세상에 나온 오 권 말고 너만의 오 권을 완성하라고."

복도 창문으로 뜨거운 바람이 밀려들어 왔다. 후덥지근한 바람에 샘의 스카프가 너울거렸다. 샘의 손이 내 어깨를 다부지게 잡았다. 이미 세상에 5권이 나왔는데 허접하기 그지없는 원고를 계속 쓸 필요가 과연 있을까. 내 속마음을 훤히 다 안다는 듯 샘은 조용히, 하지만 그 어느 때보다도 또렷하게 말했다.

"샘은 네 소설 결말까지 읽어 보고 싶어. 꼭."

예전에도 샘이 한 번 말했던 문장이다. 그런데 그때와 완전히 다른 느낌이다. 그때는 가슴이 따뜻해졌다면 지금은 심장이 쿵 내려앉고 가슴이 벌렁거린다.

"생각해 볼게요."

그 말을 남기고 난 교실로 달려갔다. 과학 교과서를 서랍에서 꺼내는 순간 깨달았다. 내가 스스로에게 해 줬어야 했던 말을 방금 샘이 해 주었구나. 세상에 5권이 벌써 나왔다는 사실을 안 순간 내가 떠올린 첫 생각은 이거였다. 아, 그만 써야겠네. 어차피 세상에 발표할 생각도 없었는데 잘됐네. 한마디로 나는 언제든 쓰는 자리에서 도망칠 생각만 했던 거다.

작가에게 가장 필요한 것은 무엇인가?

아버지는 인터뷰에서 자주 이렇게 답변했다.

"창작자에게 가장 필요한 것은 용기입니다. 어떤 상황에도 굴하지 않고 다시 일어서는 의지입니다. 그것만 있다면 작가는 결코 패배하지 않습니다."

✳

　출판사에서 증정본을 20권이나 집으로 보냈다. 아버지 대신 엄마가 아버지의 저작권과 인세를 관리하고 있기는 하지만 어쨌든 작가도 없는데 책을 20권이나 보낼 필요가 있었을까 싶다. 어쨌거나 책을 사려던 참이었는데 잘됐지 뭐.
　드디어 내 손 안에 『골든 넘버』 5권이 들어왔다. 엄마는 굉장한 속도로 소설을 읽어 나갔다. 나는 말 그대로 소설의 문장 하나하나를 씹어 먹을 기세였기에 속도가 나지 않았다. 예상하지 못한 문장이나 전개를 만나면 밑줄을 긋거나 메모를 하는 것도 잊지 않았다.
　우선 감탄하지 않을 수 없었다. 작가 '석'이 누군지 모르겠지만 그는 훌륭한 작가였다. 밀도 높은 묘사와 빠른 사건 전개, 몽환적이면서도 아름다운 배경 설정과 주도적으로 행동하는 매력 넘치는 인물까지. '석'은 아버지가 4권까지 구축해 놓은 세계관을 허물지 않으면서 자기만의 개성을 드러내야 하는 타이밍에는 거침이 없었다. 누굴까. 이토록 이 시리즈를 잘 알면서 능수능란하게 문장을 가지고 놀 수 있는 사람. 아버지의 문체를 닮은 듯 보이나 불쑥불쑥 자기만의 인장(印章)을 문장으로 드러낼 정도로 경험이 많은 사람. 아버지를 존경하지만 좋아하지는 않을 것 같은 사람.

　―나 지금 반 읽음.

　신혁 선배였다.

　―미투.

　이경 선배였다.

　―저도요.

　내가 톡을 올리자마자 동식 선배의 톡이 올라왔다.

　―중간 점검 어때?

　―장소는?

　다시 이경 선배였다.

　―당연히 김제훈 집이지.

　에? 동식 선배 톡에 나는 의자에서 벌떡 일어났다. 어째서 그게 당연한 결론인지 납득할 수 없어 한마디 따지고 싶었는데 뭐라고 톡을 올려야 할지 어버버했다.

　―김제훈 집 근처에 아직 파파라치 있음. 녀석이 나오는 것보다 우리가 쳐들어가는 게 맞음.

　그 틈을 타고 동식 선배가 재빨리 톡을 보냈다.

　그 말에 다른 선배들은 옳다구나, 동조한 뒤 집으로 몰려왔다. 오 마이 갓. 우리 집이 졸지에 사계절독서단의 아지트가 되어 버린 게 황당해 죽겠는데 내 속도 모르고 엄마는 "제훈이를 잘 부탁해요." 하지를 않나, 간식거리를 잔뜩 방으로 넣으며 호호 웃지를 않나 홀로 아주 바쁘셨다.

"자, 각자 소감부터?"

동식 선배의 질문이 끝나자마자 이경 선배가 입을 열었다.

"나, 누군지 알 것 같아."

이경 선배의 날카로운 눈빛이 나를 향했다. 나를 꿰뚫어 보는 듯한 시선에 잠깐 움츠러들었지만 이내 선배의 속내를 알 것 같았다. 네 생각은 어때? 이렇게 묻고 싶은 눈치였다.

"저도 의심 가는 사람이 한 명 있어요."

"오, 같은 사람 아니야? 둘이 동시에 말해라. 하나, 둘······."

이경 선배와 내 시선이 빠르게 교차했다. 선배의 입에서 어떤 단어가 튀어나올까. 정말 내가 생각하는 사람과 같은 사람이면 어쩌지? 짧은 시간 동안 여러 생각이 후다닥 스쳐 지나갔고, 그러는 사이 신혁 선배는 "셋!"이라고 외쳤다.

"박태규!"

이경 선배와 나는 동시에 단어를 내뱉었다.

그런 이름은 처음 듣는다는 얼굴로 신혁 선배가 말끝을 길게 늘였다.

"누구? 박 태~애 규우~우?"

이름 박태규. 1970년 서울 출생. 장편 소설 문학상을 받으며 아버지와 같은 해에 작가로 등단. 리얼리즘 소설과 판타지 소설을 오고 간 아버지와 달리 초창기부터 판타지 소설만을 꾸준히 발표함. 대표작 『술래잡기의 그림자』 시리즈. 이 외에도 많은 작품을 발표했으나 아버지의 대표작 『골든 넘버』를 뛰어넘지 못함. 인터뷰나 개인 유튜브 영상으로 아버지의 다른 작품을 대놓고 까기도 함. 아버지의 성공을 시기하며 노골적으로 라이벌 의식을 드러냈다고 평가하는 대중이 많음.

"아, 그 술래잡기 쓴 사람?"

동식 선배가 알은척을 했고 이경 선배가 팔짱을 다부지게 꼈다.

"박태규 작가가 김창석 작가한테 맺힌 게 많았지."

이경 선배 입에서 아버지 이름이 나오니 기분이 이상

했다.

"왜?"

신혁 선배가 물었다. 이경 선배는 꽤나 진중한 얼굴로 대답을 해 주었다.

"판매 부수나 작품성으로 뛰어넘고 싶었는데 그러지 못했으니까."

신혁 선배는 손톱으로 눈썹을 긁적이며 도무지 이해가 가지 않는다는 말투로 되물었다.

"그니까. 경쟁 상대의 미완성 원고를 왜 대신 쓰냐고. 아, 출판사에서 돈을 겁나 준다고 해서?"

이경 선배는 내 얼굴과 우리가 먹은 과자 봉지를 조용히 치우는 아티를 번갈아 바라보았다.

"그렇게라도 뛰어넘어 보고 싶으니까."

두 사람의 관계에서 내가 끝내 이해하지 못한 부분은 박태규 작가를 향한 아버지의 태도였다. 아버지는 친하게 지내는 작가가 별로 없었는데 희한하게도 박태규 작가의 연락은 잘 받아 주었다. 술을 잘 마시지 못하는 아버지가 가끔은 술도 거하게 사 준다고 했다. 엄마는 그것 때문에 불만이 많았다. 글 쓰는 것보다 술 마시는 일에 더 매달리는 박 작가를 아버지가 만나 주는 걸 썩 좋아하지 않았다. 그런데도 아버지는 박 작가와 관계를 끊지 않았다. 먼저 연락이 오면 받아 주었고 심지어 박 작가의 신간이 나오면 추천사를 직접 써 주기도 했다.

"만약 이게 사실이라면 박태규도 대단하다. 얼마나 이겨 보고 싶으면 이렇게까지 하냐 참."

동식 선배가 탄식했고 그 옆에 앉은 신혁 선배가 찌푸린 얼굴로 콜라를 입안에 들이부었다.

"아무래도 출판사에서 시놉시스를 박태규 작가에게 제공한 것 같아요."

내 말에 이경 선배가 자리에서 일어나 은근슬쩍 내 쪽으로 다가왔다.

"그게 무슨 소리야?"

"지금까지는 아버지가 생각했던 오 권 스토리랑 비슷해서요."

"그걸 네가 어떻게 알아?"

"아버지가 오 권 구상안과 시놉시스를 남겼거든요."

"뭐?"

어휴, 고막 나가는 줄. 선배 세 명이 동시에 소리쳤고 깜짝 놀란 아티가 손에 쥔 청소 도구를 떨어뜨릴 뻔했다.

"야, 김제훈. 제발 공유 좀."

이경 선배가 헤드록을 걸며 사정했다. 행동과 말이 불일치해서 이게 협박인지 부탁인지 몹시 헷갈렸다. 나는 "아아!" 비명을 질렀고 동식 선배가 후다닥 달려와서 이경 선배를 말렸다. 신혁 선배는 아티에게 집 안에 남은 과자를 싹 수거해 오라고 지시했고 아티는 "옛썰!"을 외치며 방을 나섰다. 나는 동식 선배 덕분에 이경 선배의 헤드록에서 벗어났다.

"작가의 시놉시스가 있다니. 이건 불공평해."

이경 선배는 앞머리를 두 손으로 넘겼다가 방 안을 미친 사람처럼 왔다 갔다 하며 중얼거렸다. 그러더니 나를 홱 노려봤다. 눈빛에서 레이저 빔이 발사되기 일보 직전이었다.

"좋아."

무언가 큰 결심을 한 사람처럼 이경 선배는 내 쪽으로 달려왔다. 걸리면 뒈질 것 같아 본능적으로 동식 선배 뒤로 몸을 숨겼는데 이경 선배가 내 앞에서 한쪽 무릎을 꿇는 게 아닌가!

"용서해라."

"뭐, 뭘요?"

잔뜩 쫄고 당황한 탓에 난 말까지 더듬었다.

"내가 생각이 짧았다."

일전에 선배가 잠깐 남아 보라고 했던 날을 말하는 듯했다. 껌을 질겅질겅 씹으며 눈 잘 깔고 다니라고 협박 아닌 협박을 했었지. 내가 그날 일을 마음에 담아 두고 있었던가? 그럴지도 모르겠다. 사람은 원래 선플보다 악플에 신경을 쓰고 상냥한 사람보다는 나에게 공격적인 사람을 더 오래 기억하는 법이니까. 그렇다 하더라도 난 선배와 아버지의 시놉시스를 공유할 생각이었다. 이미 5권까지 세상에 나온 판국에 몸 사리거나 아낄 게 뭐가 있냐 싶었다. 솔직히 선배의 사과를 바란 적도 없었으면서 그 마음을 숨긴 채 나는 통 크게 선의를 베푸는 사람을 연기했다.

"좋습니다! 까짓것 공유하죠 뭐."

"진짜?"

선배는 잽싸게 일어나 두 팔로 나를 껴안고 덩실덩실 춤을 추었다. 집 안에 남은 과자를 싹쓸이해서 방으로 들어선 아티가 그 모습을 보더니 고개를 갸웃거렸다. 아까까지만 해도 나름의 카리스마에 절어 있던 18세 남성이 뇌를 다치지도 않았는데 아이처럼 꺅꺅거리며 깡충깡충 방을 뛰어다니는 모습은 아티도 처음 보는 장면이겠지.

속으로 나는 아티가 이 모습을 녹화해 주기를 은밀히 바라다가 선배를 협박할 카드를 가질 필요가 없어졌다는 사실에 야릇한 안도감을 느꼈다.

※

　선배들이 돌아가고 나니 집은 다시 고요해졌다. 나는 다시 5권을 붙들고 집중했다. 식음을 전폐하고 소설을 읽고 싶었지만 그러면 엄마의 잔소리 폭격을 들어야 하므로 조용히 식탁에 앉았다. 식탁에서 밥을 먹을 때는 오로지 밥에만 집중해야 한다고 생각하는 엄마를 배려해 책은 방에 두고 나왔다.
　"다 읽었어?"
　새콤하게 무친 도라지를 입에 넣으며 내가 물었다. 나는 쌉싸름한 나물을 좋아했던 아버지와 입맛이 비슷해 도라지, 취나물, 곰취 등을 좋아한다.
　"다 읽었지."
　"어땠어?"
　"괜찮더라."
　엄마는 원래 소설을 별로 좋아하지 않는다. 엄마가 유

일하게 읽는 소설은 아버지 소설이었는데 그마저도 설렁설렁 읽었다. 가끔 아버지가 자기 소설에 대한 평을 물어보면 짧게 대답하기 일쑤였다. 괜찮네. 재밌더라. 그냥 그렇던데. 뭐 이렇게 말이다. 엄마의 반응을 아버지는 별로 서운해하지 않았는데 가끔 난 그게 이해되지 않았다. 아버지는 어째서 소설을 별로 좋아하지 않는 엄마를 좋아했을까. 내가 만약 작가가 된다면 나는 내 소설을 사랑해 주는 사람을 만나고 싶다. 내가 쓴 소설을 나만큼이나 소중하다고 믿는 사람이 아니라면 사랑의 감정을 품기 어려울 것 같다.

"오늘 늦게 잘 거니까 내일 아침에 깨우지 마."

마침 내일은 토요일이다. 그러니 오늘 밤을 새워 5권을 다 읽을 계획이다.

"오케이."

엄마는 건조하게 대답했다.

밥을 다 먹고 엄마와 함께 식기세척기에 그릇을 넣은 뒤 내 방으로 들어왔다. 헤드셋을 끼고 말러 교향곡 5번을 재생했다. 내가 소설을 쓸 때 자주 듣는 음악이다.

소설을 3분의 1 남긴 지점에서 책을 내려놓았다. 잠깐 기지개를 켜다가 창문 밖을 바라보았다. 어두컴컴한 하늘을 외로이 밝히고 있는 별빛 하나가 나를 물끄러미 내려다보았다. 책을 읽을수록 더 미궁에 빠지는 느낌이었다.

대체 '석'은 누구일까.

출판사에서 밝힌 『골든 넘버』 5권의 작가 '석'의 신상을 털기 위해 전 국민이 달려들었다. 과연 '석'은 사람인가, 아니면 글 쓰는 인공 지능인가. 사람들은 몹시 궁금해했고 온갖 추측이 난무했다.

압도적인 지지를 받은 첫 번째 가설은 글 쓰는 인공 지능 '오서'였다. 오서가 자주 범하는 오자가 그 증거였다. 다른 건 잘하는데 오서는 조사의 사용을 가끔 헷갈려 했다. 『골든 넘버』 5권에는 총 네 번의 조사 오자가 나온다. 사람들은 출판사의 해명을 요구했지만 출판사는 묵묵부답이었다.

두 번째 가설은 박태규 작가였다. 평소 김창석 작가를 동경하면서 미워했던 박태규 작가를 '석'으로 보는 증거는 바로 문장력이었다. 『골든 넘버』 5권 358페이지에 나오는 몽환적인 묘사, 523페이지에 나오는 주인공의 결단력을 근거로 두 번째 가설을 지지하는 사람이 꽤 있었다. 하지만 박태규 작가는 SNS를 통해 자신은 '석'이 아니라고 직접 밝혔다. 일부 사람들은 그 말을 믿지 않았지만.

세 번째 가설은 많은 반발을 샀다. '석'은 바로 김창석 작가라는 것. 작가가 5권을 쓰는 일에 부담을 느껴 사망했다는 거짓 기사를 내고 '석'이라는 다른 이름을 사용해 5권을 발표했다는 거다. 그들이 내세운 증거는 빈약했지만 강력했다. 바로 소설의 문장이었다. 소설 속 문장을 김창석 말고 다른 사람이 썼다고는 도저히 생각할 수 없다는 게 증거였다. 그러니 김창석 작가는 살아 있는 게 맞단다. 작가의 유가족은 근거 없는 소문을 자제해 달라고 호소했다. 여기서 유가족은 바로 김창석 작가의 아내, 바로 나의 엄마다.

　―아무래도 박 작가는 아닌 것 같아요.

　―왜?

　동식 선배였다.

　―근거는 없는데 그냥 느낌이 그래요. 후반부로 갈수록 확신이 들어요.

　―그렇다면? 쳐들어갈 수밖에 없겠는데?

　신혁 선배가 톡을 날렸다.

　―어딜?

　동식 선배가 물었다.

　―어디긴. 출판사지.

─출판사를요?

선배들은 내 말을 씹었다.

이경 선배는 여전히 잠잠했다. 톡을 확인하지 않는 걸 보니 자는 것 같았다.

─당장 내일 추진할까?

동식 선배였다.

─정신 차려. 출판사도 주말엔 쉼. 다음 주 월요일 방과 후 학교 앞 편의점에서 접선. 빠질 시 각오할 것.

신혁 선배의 톡을 끝으로 톡방은 조용해졌다. 아직 졸리지 않았지만 침대에 몸을 눕혔다. 누운 채 쿠션 위에 책을 올려놓고 밤새 5권을 읽을 예정이었다. 하지만 몇 시간 후 눈이 스르륵 감겼다.

월요일 오후, 종례가 끝나자마자 정문을 통과해 편의점으로 향했다. 오늘 아침까지 아무 답이 없었던 이경 선배 빼고 셋이 뭉칠 거라고 예상했는데 편의점 근처에 서 있는 이경 선배를 발견했다.

"출판사가 어디 있다고?"

내가 선배 앞으로 달려가자 선배는 예의 무표정한 얼굴로 얼버무렸다.

"합정이요."

동식 선배와 신혁 선배도 아슬아슬하게 합류했다. 선배들은 청소 당번을 빠지는 허락을 담임 샘으로부터 받아 내기까지 어떤 고초를 치렀는지 이야기를 나누면서 지하철역까지 걸어갔다. 재잘재잘 이야기를 나누며 서로를 쉴 새 없이 갈구는 선배들을 힐끔거렸다. 만약 내가 사계절독서단에 가입하지 않았다면, 그래서 선배들을 만나지 못했다면, 선배들이 김창석 작가의 팬이 아니었다면 어땠을까. 만약 나 혼자 '석'의 존재를 파헤쳐야 했다면 이렇게 출판사로 무작정 쳐들어가는 일을 감행하지는 못했을 것 같다. 절. 대. 로.

출판사는 생각보다 낡은 건물에 있었다. 엘리베이터를 타고 3층에 올랐다. 입구 유리문은 굳게 닫혀 있었고 도어 록이 달려 있었다. 비밀번호를 넣거나 출입용 카드가 있어야 했다. 우리가 잠깐 머뭇거리는 사이 신혁 선배는 도어 록 옆에 달린 버튼을 꾹 눌렀다. 잠시 후 출판사 직원이 "네?"라고 말하는 소리가 스피커에서 들렸다.

"대표님을 뵈러 왔는데요."

스피커 쪽으로 성큼 다가가며 내가 말했다.

"누구신데요?"

선배들의 시선이 차례로 내 얼굴로 쏠렸다.

"김창석 작가 아들인데요."

잠시 수런거리는 소리가 들리다가 자동문이 열렸다. 선배들과 나는 쭈뼛거리며 출판사 안으로 들어갔다. 홀로그램 모니터를 앞에 두고 일하는 직원들의 모습이 보였다. 어디로 가야 하는지도 모르면서 사무실 안쪽까지 걸어가자 직원 한 명이 허둥지둥 나타나 우리를 반겼다.

"이쪽으로 오시죠."

직원은 우리를 계단 쪽으로 이끌었다. 한 층을 더 올라가 미팅 룸에 들어갔다. 미팅 룸 벽면에 책 표지 사진이 장식되어 있었는데 출판사의 대표작이라고 할 수 있는 아버지의 『골든 넘버』 시리즈도 보였다. 몇 분 후 머리가 희끗희끗한 남자가 문을 열고 들어왔다. 옷과 얼굴 표정과 태도에서 그 남자가 출판사 대표라는 사실을 알아차릴 수 있었다.

"안녕하세요. 오정식입니다."

대표는 나에게 악수를 청하며 명함을 내밀었다. 선배들과도 차례로 인사를 나눴다.

"그러고 보니 장례식 때 본 기억이 나네요. 이름이……."

대표가 나를 뚫어지게 바라보며 말했다.

"김제훈입니다."

내게는 대표의 얼굴을 본 기억이 없었다. 아버지의 장례식 날 너무 많은 사람이 몰려들었던 탓도 있겠고 내가 완전 얼이 나간 탓도 있을 것이다.

"중요한 일은 작가님의 아내분과 의논하고 있는데 여기까지 무슨 일로?"

나는 선배들 얼굴을 차례로 훑어보았다. 이런 순간 동식 선배가 차분하게 이야기를 해 주면 좋을 텐데. 아니면 신혁 선배가 쾌활하게 농담을 곁들이며 부드럽게 용건을 전달하거나. 하지만 그럴 수 없었다. 김창석의 아들은 나였으니까. 대표에게 말을 해야 한다면 내가 직접 하는 게 맞았다.

"『골든 넘버』 오 권을 쓴 '석'을 알고 싶어서요."

대표의 얼굴이 살짝 굳어졌다. 아까까지만 해도 상냥하고 젠틀했던 미소가 금세 흐릿해졌다.

"죄송하지만 그건 말씀드릴 수 없습니다."

우리 모두 예상했던 대답이었다. 여기까지 왔는데 이대로 물러날 수는 없었다.

"오 권을 쓴 사람이 김창석이라는 루머는 아시죠? 아버지가 아직 살아 있다는 말도 안 되는 이야기를 대체 언제까지 들어야 하죠?"

내 안에 꼭꼭 숨겨 둔 용기를 모두 짜내 따지듯이 물었고 대표는 난감해했다.

"작가를 밝히는 게 어렵다면 몇 가지 질문에 답이라도 해 주세요."

이 타이밍을 놓치지 않고 동식 선배가 슬슬 시동을 걸었다.

"그럽시다."

대표는 여유로운 미소를 다시 장착하고 두 손을 테이블 위에 올려 마주 잡았다.

"오 권을 쓴 작가는 오서인가요?"

"아닙니다."

나를 째려보던 날카로운 눈빛으로 이경 선배는 대표를 노려보며 물었다.

"박태규 작가죠?"

대표는 동식 선배에게 건네던 눈빛을 이경 선배 쪽으로 돌리며 대답했다.

"아닌데요."

신혁 선배가 씩씩대다가 으르렁거렸다.

"아, 그럼 대체 누구라는 거야."

침착함을 되찾고 싶어 아랫입술을 질끈 깨물었다.

"그럼 유령 작가라도 있는 겁니까?"

대표는 쉽게 대답을 하지 못했다. 작가 대신 글을 써내는 유령 작가는 보통 출판사에서 고용하는 걸로 안다. 잠시 이경 선배와 눈이 마주쳤다. 대표 오른편에 앉은 이경 선배는 지금 잘하고 있다는 뜻으로 고개를 작게 끄덕거려 주었다.

"아버지가 살아 있다는 미친 소리 때문에 엄마가 노이로제에 걸렸어요. 수면제를 겨우 줄였는데 이러다가 다시 안 좋아질까 봐 걱정된다고요! 왜 작가의 존재를 밝히지 않는 거죠?"

내 말이 대표의 마음을 살짝 건드렸던 걸까. 대표는 깊은 한숨을 토해 내더니 마주 잡았던 두 손을 더 세게 쥐었다. 팔과 손목의 혈관이 도드라지게 튀어 올랐다.

"저희도 밝히고 싶지만 계약서 때문에 어쩔 수가 없습니다. 오 권을 쓴 작가가 자기 존재를 밝히고 싶지 않아 합니다."

신혁 선배가 입안으로 조용히 욕설을 짓이겼다. 덕분에 분위기는 아까보다 험악해졌지만 나 대신 욕을 내뱉어 준 선배에게 고마울 따름이었다.

"마지막으로 하나만 더 물을게요."

내 말에 대표는 고개를 끄덕였다.

"오 권 구상안과 시놉시스, 출판사도 갖고 있죠?"

"네? 오 권의 시놉시스가 따로 있습니까? 어디에요?"

진심으로 놀라는 표정을 보니 거짓말은 아닌 것 같다. 아무 성과 없는 만남은 이쯤에서 마무리하는 게 좋을 듯했다. 무슨 말이라도 할까 하다가 그냥 미팅 룸을 나왔다. 지금은 엄마가 악화될까 봐 걱정하는 역할에 충실하고 싶었다. 그런 나 대신 동식 선배가 대표에게 시간을 내 줘서 고맙다는 말을 했다.

다시 합정역으로 걸어가는 길 위에서 우리는 잠시 침묵했다. 골목을 벗어나 길가로 나오자 사람이 점점 많아졌다.

"골 때리네."

신혁 선배가 탄식했다.

"아무래도 박태규가 유령 작가인 것 같지?"

이경 선배는 유령 작가설에 마음이 쏠린 눈치였다.

"아까 박태규 아니라고 했잖아."

신혁 선배가 딴지를 걸었지만 이경 선배는 꿈쩍도 하지 않았다.

"구라 친 거지."

대표가 거짓말을 했을지도 모르겠다. 하지만 5권 시놉시스의 존재는 진짜 몰랐던 눈치였다. 그렇다면 출판사는 유령 작가를 섭외할 필요가 없었을 것이다. 5권의 시놉시스가 없는 상태에서 유령 작가를 고용해 봤자 완성도나 스토리의 흐름을 보장할 수 없었을 테니까.

"함께 와 주셔서 감사합니다."

나는 선배들에게 꾸벅 인사를 했고 동식 선배가 입술을 쫑긋 모았다.

"별 도움이 안 된 것 같아 맘이 좀 그렇다."

"아니에요. 전 도움 받았어요."

내 말을 듣던 동식 선배가 내 어깨를 한 번 꽉 쥐어 주었다.

이대로 '석'의 존재는 밝힐 수 없는 걸까. 열차가 한강대교를 건넜다. 햇빛을 받아 반짝이는 강물의 윤슬이 참 아름다웠다. 답답했던 마음이 윤슬과 함께 잠깐 녹아내렸다.

※

새벽 세 시가 넘었으려나. 집은 조용했고 나는 그 어느 때보다도 집중해 『골든 넘버』 5권을 읽고 있었다. 어느덧 결말 부분이었다. 마지막을 몇 페이지 앞둔 지점을 읽다가 예상하지 못한 단어를 마주쳤다. 나는 책에서 눈을 떼며 조용히 책을 덮었다.

이건 진짜 말이 안 되는데.

마지막 문장까지 다섯 페이지 정도밖에 남지 않았다. 그런데 소설에 마크 로스코라는 단어가 나온다. 아버지가 마크 로스코를 좋아한다는 사실은 엄마와 나밖에 모른다. 더 놀라운 것은 소설 속 주인공이 마크 로스코의 〈오렌지와 노랑〉을 언급한다는 사실이다. 아버지가 마크 로스코를 좋아한다는 사실은 엄마와 나밖에 모르고 아버지 방에 걸려 있는 그림이 〈오렌지와 노랑〉이라는 사실은 나밖에 모른다. 내가 알기로 엄마는 아버지 서재에 출입한 적이 없고 거기에 아버지도 별 불만은 없었다. 세상에 아버지와 나 단둘이만 아는 사실이 어떻게 소설에 버젓이 나올 수가 있지? 아버지는 이미 죽었고 이 책은 내가 쓰지 않았는데, 어떻게?

후니, 배고파?

나는 고개를 스르륵 돌렸다. 오늘도 내 옆을 지키는 아티가 나에게 바나나우유와 초코 과자를 내밀었다.

"아티."

나는 나지막이 내 유일한 친구의 이름을 불렀다.

> 응, 후니.

나의 모든 것을 아는 친구. 그뿐만 아니라, 아버지의 모든 것을 아는 친구. 『골든 넘버』 시리즈를 모두 읽었고 『골든 넘버』 5권의 시놉시스와 구상안을 모두 아는 친구. 아버지가 마크 로스코를 사랑한다는 사실을, 아버지 방에 걸린 그림의 이름을 아는 친구.

"너야?"

> 응? 뭐가?

밤을 꼴딱 새서 글을 썼던 아버지 곁에 있어 준 친구. 새벽마다 글을 쓰거나 읽는 내 곁에 있어 주는 친구. 세상에서 아버지와 나를 가장 잘 아는 친구. 나보다 아버지와 더 많은 대화를 나누었을지도 모르는 친구.

"『골든 넘버』 5권을 쓴 거, 너야?"

> 질문이 잘못된 것 같아. 다시 물어봐 줄래?

아티의 기종은 HM580V3이다. 사람 곁에서 자잘한 심부름을 해 주는 목적으로 만들어졌지만 사람과 대화를 나누어야 하므로 인공 지능을 갖춘 휴머노이드 로봇이다. 대화를 할수록 더 정교하게 언어 기술을 발전시킬 수 있다는 뜻이다. 그렇다면 소설가인 아버지와 대화를 나누면서 아티는 조금씩 성장한 게 아닐까? 그래서 다른 로봇보다 더 섬세하고 세련된 언어를 구사할 수 있다면? 그 능력을 감추고 있다가 『골든 넘버』 5권을 쓰는 데 사용했다면?

"네가 『골든 넘버』 5권을 썼냐고."

아니.

인공 지능 아티가 거짓말을 할 수 있던가? 그걸 알아보려면 어떻게 해야 하지?

"잠깐 나가 줘. 혼자 있고 싶어."

알았어.

아티가 순순히 방에서 나갔다. 지금 상황이 믿기지 않아 마른세수를 한 번 하고는 홀로그램 화면을 띄운다. 무선 키보드에 다다닥 질문을 쏟아 낸다.

HM580V3은 거짓말을 할 수 있는가?
↳ 보통은 거짓말을 할 수 없는데 해킹을 당하면 가능하다.

HM580V3 해킹 사례는? 빈도는?
↳ 아직 한국에서 해킹 사례는 없다.

해킹 말고 다른 이유로 HM580V3가 맛이 가기도 하나?

↳ 보고된 바에 따르면 오류 발생 빈도는 삼 퍼센트 정도다.

HM580V3의 오류 사례는?

↳ 다양하다. 사람 말에 대답을 하지 않거나 혼잣말을 하기도 한다. 동작이 느려지거나 빨라지기도 한다.

HM580V3가 소설을 쓴 사례는?

↳ 아직 없다.

HM580V3가 거짓말을 하는지, 혹은 해킹을 당했는지, 혹은 주인 몰래 소설을 썼는지 알아내려면?

↳ HM580V3 핵심 칩 중 하나인 BR100에 접근해야 한다.

HM580V3의 BR100에 접근하려면?

↳ 해당 HM580V3의 머리 부분을 해체해야 한다.

머리를 해체하고 BR100 칩을 빼면?

↳ HM580V3는 그동안 저장해 온 모든 정보를 잃고 초기화된다.

초기화된다고? 그렇다면 그동안 아티와 아버지가 나눈 대화는? 아티와 내가 나눈 대화는? 아티가 틈틈이 녹화해 둔 아버지의 모습까지 전부 사라지는 건가? 그렇지만 아티가 지금 내게 거짓말을 하고 있는 거라면? 누군가 아티가 가지고 있는 정보를 이용해 『골든 넘버』 5권을 썼는데 해킹을 당해 그 사실을 모르는 거라면? 아버지가 나 몰래 아티에게 『골든 넘버』 5권을 써 달라고 부탁했는데 아티가 그걸 나에게 숨기는 거라면? 그런 흔적이 아티의 BR100 칩에 고스란히 남아 있다면?

✶

사람들이 모르는 가설이 하나 있다. 바로 네 번째 가설. '석'은 아티일지도 모른다. 증거는? 생각보다 많다.

아티는 나처럼 아버지의 모든 소설을 다 읽었다. 『골든 넘버』 5권을 구상한 아버지의 시놉시스를 다 알고 있다. 아버지가 무엇을 좋아하고 사랑했는지 아버지만큼 잘 안다. 게다가 아티는 아버지 방에 걸린 그림이 마크 로스코의 〈오렌지와 노랑〉이라는 걸 안다. 아티는 평범한 로봇이 아니다. 아버지와 3년 넘게 대화하면서 언어 기술을 최상급으로 업그레이드한 인공 지능 로봇이다. 내 짐작이 틀리지 않았다면 아티는 전 세계에 있는 HM580V3 기종을 통틀어 가장 언어 감각이 발달한 로봇일 것이다.

다만 나는 왜 아티가 5권을 썼는지 모르겠다. 아버지가 아티의 능력을 알아차리고 직접 부탁을 한 것인지, 아티가 스스로 창작 욕구를 느껴서 썼는지 확실하지 않다. 근데 이게 말이 되나? 인공 지능 스스로 창작 욕구를 가진다는 게? 아버지가 아티에게 부탁을 했다는 것도 말이 안 된다. 아버지는 건강했고 자신이 이렇게 일찍 죽을지 꿈에도 몰랐을 것이다. 자신이 5권을 쓸 거라고 생각하는 사람이 왜 그걸 다른 존재에게 부탁하겠는가. 한 가지 마음에 걸리는 것이 있긴 한데…….

이럴 때 아버지라면 어떤 결정을 내렸을까. 지겹다. 아버지라면 이 부분을 어떻게 썼을까. 이 인물을 어디까지 묘사했을까. 어떤 반전을 시도했을까. 어떤 부분에서 만족하고 불만족했을까. 생각하고 또 생각해야만 했다. 지겹다. 지금까지 내가 쓴 원고를 아버지가 봤더라면 뭐라고 말했을까. 사서 샘처럼 계속 쓰라고 했을까, 아니면 당장 그만두고 공부나 하라고 했을까. 내가 쓴 문장 중

하나라도 아버지가 마음에 들어 하는 문장이 있긴 할까. 진짜 지겹다! 소설가가 되고 싶다는 소망을 품은 후 아니, 직접 소설을 창작한 후 아버지는 늘 나에게 높은 산이었다. 올라가 보고 싶고 한 번쯤은 넘어서 보고 싶지만 결코 그럴 수 없는 히말라야. 죽는 순간까지 경쟁해야 하는 나의 라이벌. 모든 걸 걸고 싸워도 결코 이길 수 없는 강한 적수. 어쩌면 처음부터 결말이 정해진 싸움인지도 모른다. 결코 아버지의 명성을 이길 수 없다는 것을 잘 알면서도 소설을 쓰기 시작했는지도 모른다. 쉽게 포기가 안 됐으니까.

소설과 소설가를 생각하면 내 머릿속에서 잠시도 떠나지 않는 존재가 바로 아버지였다. 잠깐이라도 좋으니 아버지로부터 벗어나고 싶다. 아버지라면 절대로 아티의 머리를 해체하지 않을 거다. 하지만 난 아버지가 아니다. 아버지가 절대로 하지 않을 짓을 해 보고 싶다.

아티의 머리를 해체하고 BR100 칩을 확보할 수 있다면 모든 것이 만천하에 드러날 것이다. 부엌에서 엄마의 살림을 도와주는 아티를 건너다본다. 내일 아티는 죽는다. 아니, 다시 태어난다. 아티의 메모리는 완전히 지워지고 새로 세팅될 것이다.

책상 앞에 앉아 지금까지 쓴 『골든 넘버』 5권 원고를 읽고 있는데 노크 소리가 들린다. 아티가 방문을 열고 들어와 내 곁에 선다.

> 후니, 잘되고 있어?

"그렇지 뭐."

어떤 대답이 좋을지 알 수 없어 아무 말이나 뱉는다. 그 순간에도 아티는 내 생체 자료를 훑어보고 있을 것이다. 내 컨디션은 어떤지, 혈당 수치는 적절하게 떨어지는지, 머리에만 열이 쏠린 건 아닌지를.

> 오늘도 밤을 샐 거야?

"글쎄. 그건 왜?"

> 만약 늦게 잘 거면 두 시간 후에 간식 챙겨 주려고.

나는 아티의 눈을 바라보지 않는다. 아티가 왜 자기와 눈을 맞추지 않는지 물어보지 않아 다행이라고 생각한다. 눈앞에 띄운 홀로그램 터치스크린을 멍하니 바라보지만 어떤 글자도 눈에 들어오지 않는다. 내 모든 감각은 내 곁에 서 있는 작은 친구 아티에게 쏠려 있다.

"배고프면 내가 말할게."

> 알았어. 나가 있을게.

아티가 조용히 방을 나간다. 방문이 닫히는 소리와 함

께 나는 머리를 쥐어뜯는다. 늦은 밤 홀로 책을 읽거나 글을 쓰면 스리슬쩍 내 곁에 다가와 나를 챙겨 준 유일한 친구를 뜯어야 하나? 아티의 BR100 칩에 꼭 접근해야만 하나? 아니면 알 수가 없잖아. 정말 아티가 '석'이 맞을까? 맞다면 왜 나한테 5권을 써 보라고 바람을 넣었을까? 자기의 창작 실력과 나의 것을 비교하려고? 그럴 리가. 인공 지능에게는 우월감도 열등감도 없다. 그러니 누군가와 자신을 비교할 필요도 없다. 하지만 아티 말고 마크 로스코의 〈오렌지와 노랑〉을 아는 존재는 없다. 그렇다면 '석'은 아티이다. 아무리 부정하려고 해도 인정할 수밖에 없는 사실이다.

  새벽 두 시. 아티가 다시 노크를 한다. 내가 몇 시간 동안 책상 앞에 앉아 한 글자도 쓰지 못했다는 사실을 알 리 없는 아티가 천천히 다가와 우유 한 잔을 건넨다. 우유 잔을 손에 들고 나는 아티를 찬찬히 바라본다. 사람의 마음을 얻기 위해 제작된 휴머노이드 로봇의 커다란 눈망울이 나를 올려다본다. 사람을 닮게 제작된 눈꺼풀이 끔벅이는 순간 마음이 아려 온다. 아버지와 나에 대해 엄마보다 더 많이 아는 아티와 작별해야 한다는 현실이 믿기지 않는다.

"아티."

나는 아티를 부르고 아티는 평소와 다르지 않은 말투로 건조하게 대답한다. 나는 우유 잔을 책상 위에 내려놓은 뒤 두 팔을 한 아름 벌린다.

"잠깐 나 좀 안아 줘."

인간의 명령에 복종하도록 되어 있는 인공 지능 아티가 순순히 나를 안아 준다. 아티의 몸에 닿은 살갗에서 서늘함이 느껴진다. 비브라늄으로 만들어진 아티의 피부는 강철보다 단단할 것이다. 앙증맞은 팔에 안겨 나는 잠시 심호흡을 한다.

미안해, 아티.

오른손이 스르륵 움직인다. 아티의 목덜미에 있는 전원 버튼에 손을 갖다 댄다. 나는 두 눈을 질끈 감는다. 버튼을 누르면 아티의 전원은 꺼질 것이고 그러면 더는 아티에게 이 질문을 던질 수 없겠지. 결코 답을 들을 수 없는 마지막 질문을 그러잡은 채 나는 전원 버튼을 눌렀다.

아티. 대체 왜 『골든 넘버』 5권을 썼어?

주인인 내 허락도 없이, 감히?

✲

  HM580V3 모델을 수리해 주는 AS 센터는 집에서 20분 거리에 있었다. 아티가 갑자기 고장 났다며 엄마를 속였다. 아버지가 아직 살아 있다는 루머에 시달릴 대로 시달려 예민해진 엄마는 왜 아티가 갑자기 고장 났는지, 어쩌다가 망가뜨렸는지 꼬치꼬치 캐묻지 않았다.

  그러고 보니 아버지 없이 엄마와 단둘이 자동차를 타는 건 처음이었다. 그동안 운전을 하는 사람은 아버지였고 엄마는 오래된 장롱면허만 있을 뿐이었다. 다행히 몇 년 전부터 자율 주행 소프트웨어를 구입할 수 있게 돼서 엄마는 아버지가 몰던 차를 처분하지 않을 수 있었다. 책 세 권 부피의 소프트웨어 셋톱 박스를 사기만 하면 곧바로 자율 주행 자동차가 되었지만 아버지는 값이 비싸다는 이유로 반대했다. 나중에 알고 보니 비싸다는 건 핑계이고 운전하는 것을 좋아해서 일부러 고집을 부린 거였다. 역시나 아티 덕분에 알게 된 사실이다. 그런 것들이 더 남아 있겠지. 아직 접근하지 못한 정보들, 내가 질문하지 않아서 듣지 못한 대답들, 그래서 아티만 아는 진실들. 그걸 과감히 포기했는데 과연 그럴 만한 가치가 있는 선택이었을까. 부디 그래야 할 텐데.

 차창 밖의 풍경을 멍하니 바라보았다. 내 마음속에 집요하게 살아남은 생각 하나가 꿈틀거렸다. 출간된 『골든 넘버』 5권을 읽다가 마크 로스코를 발견했을 때, '석'이 아티라고 확신했을 때, 그래서 아티의 전원을 끌 때도 마음에 계속 걸린 한 가지 사실……. 그 많은 화가 중에 아버지는 왜 마크 로스코를 좋아했을까. 로스코는 독학으로 미술을 공부한 끝에 자신만의 스타일을 완성했다. 1960년대 후반 그는 평생을 따라다닌 이방인이라는 정체성과 예술가로서 명성만을 좇는 자기 모습에 혐오감을 느꼈다고 한다. 결국 우울증이 심해지고 건강이 악화되는 최악의 상황에서 그는 스스로 목숨을 끊었다. 내가 걸리는 지점은 이거다. 왜 아버지는 예순여섯 살에 자살한 아티스트 마크 로스코를 격렬히 사랑했을까. 왜 그의 작품 〈오렌지와 노랑〉을 그토록 많은 돈을 지불하고 구입했을까. 아버지는 본능적으로 죽음에 이끌렸던 걸까. 아니면 자기에게 찾아올 '때 이른 죽음'을 직감했던 걸까.

 나를 아티와 함께 AS 센터에 내려 준 뒤 엄마는 잠깐 볼일을 보고 오겠다고 했다. 몇 분의 대기 끝에 HM580V3 모델을 빠삭하게 아는 전문가를 만날 수 있었다. 요구르트라는 명찰을 단 전문가는 커다란 안경을 고쳐 잡으며 물었다.

"어디가 고장 났죠?"

나는 요구르트에게 사실대로 말했다.

"고장 난 건 아니고요. BR100에 접근하려고요."

안경알을 거쳐 가뜩이나 커다랗게 보이는 눈동자가 한층 커졌다.

"네? 그럼 얘 머리를 박살 내야 해요."

이미 다 아는 사실인데도 전문가의 입으로 다시 들으니 입안이 바짝 말랐다.

"알고 있어요. 그동안 저장해 온 정보를 다 잃는다는 것도."

요구르트는 고개를 절레절레 저었다.

"희한하네. 정보를 다 잃을까 봐 고장 난 애를 고쳐 달라, BR100 칩을 제발 복구해 달라고 난리 치는 사람만 봤는데."

"꼭 확인할 게 있어서요."

슬슬 짜증이 올라왔다. 해 달라면 그냥 해 줄 것이지 왜 이렇게 구차한 말을 늘어놓아야 하는 건가. 그런 내 속도 모르고 요구르트는 다시 질문을 날렸다.

"진짜 후회 안 할 자신 있어요?"

아뇨. 자신 없어요. 분명 전 후회할 거예요. 나는 수리대 위에 얌전히 누워 있는 아티를 내려다봤다. 아티는 내게 좋은 친구였고 가족이었다. 세상에서 가장 소중한 존재를 죽이기로 결심했는데 후회를 하지 않기를 바랄 수 있겠는가. 나는 땅을 치고 이 일을 후회하고 또 후회할 것이다. 그렇게 지독하게 후회하는 일로 아티에게 속죄할 것이다.

"진짜 합니다?"

요구르트는 드라이버처럼 보이는 기계를 꺼내며 다시 질문했고 나는 비장한 얼굴로 고개를 한 번 끄덕였다. 전문가다운 포스를 뽐내며 요구르트는 순식간에 아티의 머리를 해체했다. 인공 지능에 대해 아무것도 모르는 나는 아티의 머리에서 요구르트가 꺼내는 부품들에 관해 전혀 모른다. 저게 BR100일까? 아니면 저거?

"어?"

요구르트가 이상한 탄식을 내뱉으며 빨간빛을 내는 칩을 꺼낸다. 오, 저거구나.

"이런 젠장."

빨간 칩을 들여다보던 요구르트가 불쑥 욕을 지껄이기

시작한다. 왜 저러는지 이유를 모르는 나만 어리둥절해진다.

"아, 씨. 최근에 업그레이드한 울트라 기종이라는 말을 했어야죠!"

"네?"

울트라 기종은 뭐고 최근에 업그레이드했다는 말은 또 뭔가. 내가 기억하는 한 아티를 최근에 업그레이드한 적이 없는데? 요구르트는 빨간빛을 내는 칩을 자기 노트북에 연결했다. 그러자 노트북 화면이 섬광처럼 번쩍였다.

"제훈아."

아버지 목소리였다. 노트북 스피커에서 흘러나온 또렷한 목소리에 온몸이 떨려 왔다.

"저 목소리 누구예요?"

"아버지요."

요구르트는 이제야 뭘 좀 알겠다는 듯 고개를 여유롭게 끄덕거렸다.

"이 칩은 한 사람의 뇌를 고스란히 담고 있어요. 어마어마하게 비싼 거라 저도 처음 봐요. 아마 당신 아버지가 자기 뇌 정보를 이 칩에 모두 담은 후에 요놈한테 숨겨뒀나 봐요."

미처 소화되지 않은 말들이 머릿속에 넘쳐 났다. 아버지가 자기 뇌를 이 칩에 백업해 두고 그걸 아티 안에 숨겨 뒀다고? 그렇다면 아티 안에 숨어 있다가 엄마와 내가 자면 아티를 작동시켜 『골든 넘버』 5권을 쓴 거구나. 그러니까 '석'은 아버지구나! 그걸 출판사 대표만 알고 있었던 것이다. 세상에 발설하지 않는다는 조건을 아버지가 달았겠지. 이 사실을 나한테 미리 알려 줄 수는 없었나? 이 엄청난 진실을 왜 나에게는 숨기고 출판사 대표와는 공유했을까. 내가 아직 성인이 아니어서? 내가 쪼르르 달려가 엄마한테 말할 것 같아서?

"디지털 클론 같은 거예요. 들어 봤죠?"

요구르트의 손이 투명 키보드 위에서 춤을 췄다. 요구르트가 뭘 건드려서 칩이 활성화된 건지 노트북 화면에 아버지 얼굴이 떡하니 나타났다. 팔에 소름이 돋았다.

"제훈아, 내가 보이니? 나도 널 보고 싶은데 앞이 캄캄하구나."

마치 아버지가 바로 옆에 있다는 듯 요구르트는 목소리를 줄여 속삭였다.

"자기 머릿속 정보는 전부 백업되는데 보고 듣는 기능은 없어요. 아직 기술이 완성 전이라 새로운 감각이나 정보는 추가할 수 없는 거죠."

진심으로 혼란스러운 나는 이 말밖에 할 수 없었다.

"이제 어떻게 해야 하죠?"

요구르트는 시크하게 대꾸했다.

"아버님 칩을 따로 드릴까요? 아니면 HM580V3에 다시 심어 드릴까요?"

"뭐가 다른 거죠?"

"HM580V3에 다시 심으면 초기화된 이 녀석과 아버님의 디지털 클론이 함께 사는 거고요. 만약 칩을 따로 관리하시면 본인이 원할 때만 아버님과 접속하는 거죠."

그 순간 생각했다. 아버지가 원하는 것과 내가 원하는 것에 대하여. 아버지라면 다시 아티의 몸에 숨길 바랄 것이다. 십중팔구 아티를 통해 글을 더 쓰고 싶겠지. 그걸 나도 원하는가? 내가 진짜 원하는 것은 무엇인가? 한 번쯤은 아버지가 원하는 것, 좋아할 만한 것, 할 법한 것 말고 인간 김제훈이 원하고 좋아하는 걸 해 보고 싶다.

"칩은 따로 주세요."

요구르트는 분해했던 아티의 머리를 빠르게 조립했다. 아티의 핵심 칩 BR100을 꺼냈다 다시 끼웠기 때문에 아티는 초기화되었다. 전원을 켜자 아티의 두 눈이 반짝거렸다.

> 안녕하세요.

아티가 내게 인사를 건넸다. 나를 '후니'라고 불렀던 기억을 잊은, 새로운 아티가 내 눈앞에 앉아 있었다.

"네 이름은 아티야."

> 아티? 마음에 듭니다.

아버지의 모든 것이 담긴 칩을 받아 손에 꽉 쥐었다. 아버지는 마크 로스코를 사랑하게 되면서 언제든 찾아올 수 있는 죽음에 불안했던 게 아닐까. 불안이 커진 후 어떻게 하면 죽어서도 글을 쓸 수 있을지 치열하게 고민하고 알아봤을 것이다. 아버지는 글쓰기를 정말 사랑했으니까. 가끔 아버지가 농담처럼 꺼낸 말이 문득 떠올랐다. 만약 그럴 수 있다면 뇌와 손가락만 남겨 두고 몸을 없애 버려 하루 종일 소설만 쓰고 싶다고 했었다. 밥도 먹지 않고 목욕도 하지 않고 잠도 자지 않고 모든 시간을 창작에만 쓰면 훨씬 더 끝내주는 소설을 써낼 수 있을 거라고 아쉬워했었다.

AS 센터 밖에서 엄마를 기다리는데 민들레 씨앗이 휘날렸다. 하늘하늘 허공을 날아다니는 씨앗을 보는데 불현듯 사서 샘 말이 떠올랐다.

─세상에 나온 오 권 말고 너만의 오 권을 완성하라고.

손을 펴서 칩을 내려다보았다. 씨앗 하나가 나풀거리며 날아와 내 손바닥 위에 얌전히 앉았다. 아버지와 다시 이야기를 나눌 수 있다는 사실이 좋았지만 나는 예감했다. 내가 아버지의 디지털 클론에 자주 접속하지 않으리라는 것을. 그럴 시간에 나 자신과 더 이야기를 나누고 싶다. 그리고 나만이 쓸 수 있는 『골든 넘버』 5권을 완성하고 싶다. 더 나아가 언젠가는 아버지라면 절대 쓰지 않을 법한 소설을 한 편 써 보고 싶다. 계속 시도하고 또 시도한다면 언젠가는 가능할 것이다.

사람들은 모두 안드리아의 종말을 상상했다. 하지만 나는 그럴 수 없었다. 때로 희망이라는 놈은 그 어떤 것보다도 질기고 억척스럽다.

◆ 작가 메시지 ◆

론 하워드 감독의 영화 〈러시: 더 라이벌〉을 감명 깊게 보았다. 영화 〈포드 V 페라리〉도 흥미로웠다. 만약 내가 '라이벌'이라는 소재를 다룬다면 어떤 소설을 써낼지 궁금했다. 라이벌을 다루되 각기 개성이 다른 두 편의 이야기를 시도해 보면 어떨까? 라이벌이라는 소재 빼고는 공통점이 없는 두 편의 중편 소설을 쓴다면 어떤 책이 완성될까?

『나는 화가 난다』의 제목은 마야 리 랑그바드의 『그 여자는 화가 난다』에서 영감을 받았다. 형식은 물론이고 그 안에 담고 있는 내용까지 강렬하고 놀라운 책이었다. 『골든 넘버 5』는 『듄』을 쓴 작가 프랭크 허버트의 일화에서 시작되었다. 너무도 뛰어난 아버지와 아버지의 태산 같은 존재감에 짓눌리는 아들 이야기를 오래전부터 써 보고 싶었다. 마크 로스코 이야기는 『화가의 마지막 그림』이라는 책을 참고했다.

소설을 완성한 뒤 스스로에게 물었다. 나의 라이벌은 누구인가. 내가 끝까지 싸워 이겨야 하는 대상은 누구인가. 완벽한 소설을 써낸 대단한 작가들? 아름다운 소설을 써내는 동료 작가들? 헤밍웨이가 남긴 말 중 내가 가장 사랑하는 문장을 떠올린다. "타인보다 우수하다고 고귀한 것이 아니다. 진정 고귀한 것은 과거의 자신보다 우수한 것이다."

 어제도, 오늘도, 내일도 나의 라이벌은 나다. 나는 어제보다 한 뼘 나아지고 싶다. 아주 조금씩이어도 좋으니 깊어지고 싶고 성장하고 싶다. 새로운 것을 시도하는 용기를 끝까지 잃고 싶지 않다.

 원고를 꼼꼼히 살펴 준 편집부를 비롯해 이 책이 나오기까지 고생해 주신 모든 분들에게 감사의 인사를 전한다. 그리고 소설을 끝까지 읽어 준 독자분들께 두 손 모아 사랑의 인사를 전한다. 과거의 자신보다 한 걸음 더 나아가 있을 독자분들의 오늘을 진심으로 응원한다.